楔子

正是初夏時節，剛過了梅雨，地上都還帶著一股潮濕的氣味，月兒勾起一抹彎彎的弧度，半隱半露地從雲層間探出頭來。

深夜的官道上一輛老板車正在趕路，老舊的車輪喀啦喀啦地發出聲響，車前的驢子踏著蹄子費力拉車，加上車主人放嗓子的歌聲，在夜裡顯得特別的響亮。

車主人是個養豬戶，名叫張福全，前些日子剛剛把一批細心養好的小豬仔們送進貴州城裡，賣了不錯的價格，他開開心心地給老婆女兒買了兩匹好布做衣裳，一心想著她們開心的笑臉，替自己買了瓶燒酒、帶隻燒雞腿，連夜趕路回家。

張福全一手拿著馬鞭一手拎著燒酒，面色微醺大聲唱著山歌，不經意地為冷清的路上添了點熱鬧。

張福全唱累了，喝了口酒潤潤嗓，又抓起他的燒雞腿啃了一口，覺得人生再沒有更快樂的時候了，興許只有等到家看見可愛的女兒才比得過。

想起剛過三歲生辰的女兒，他就笑得咧開一張大嘴，揮著馬鞭正打算讓驢子跑得再快一些的時候，他隱隱約約看見前面有個影子在晃動。

張福全瞇起眼睛仔細看了看，他的板車靠得越近，越確定那是個人影。

「這麼深的夜，也有人在趕路啊。」張福全頓時有種安慰感，想著有人作伴也好，於是馬鞭輕輕打了下他的驢，讓車跑得再快一點，也許可以載人一程，也好有個伴。

張福全把車駕到那男人身邊，看來年紀和自己差不多，他和氣地問：

「這位大哥趕路啊，要不要順道捎你一程？」

那男人沒有反應，只是直直地、緩慢地往前走。張福全以為他沒聽到，伸手拍了他一下，用的力道也不大，那男人被他拍一下就停下來了。張福全愣了一下，自己的驢車還在往前走，他連忙拉緊了轠繩把車停下，回頭看去，那男人只是直直地望著他，沒有任何反應。

張福全這下覺得心裡毛毛的。

「那個……我沒有惡意，你到底要不要我載你一程，要的話就上車來，不要的話我可走了？」

那男人這回似乎聽進他的話，慢慢走到他的車邊，轉身直挺挺的就躺下來，膝蓋連彎一下都沒有，倒在他板車上發出了砰地一聲。

張福全這輩子還沒見過這樣不客氣的人，有些不知所措地望著那人。

「呃……大哥您往哪兒去呀？我是小萊村人，要往小萊村去的。」

那男人又沒反應了，張福全有點搞不清楚狀況。

「好吧，那我走囉？就接你到小萊去了。」

張福全又望了他一眼，回過頭駕著車繼續走。走了好一陣子後頭都無聲無息的，讓他有點在意，又回頭去望了一眼，那個男人就這麼躺著，連氣都不出一聲，他有點害怕起來。

但那男人的身體重量明顯感覺得出來的，如果是鬼的話哪來的重量？

這麼一想他就又鼓起勇氣，回頭叫了聲。

「大哥啊，也住過小萊村嗎？是同鄉嗎？」

沒得到回應似乎也已經是沒什麼好驚訝的事了，張福全有點猶豫的又回頭望了一眼，最後停下了他的車，看看那個男人仍然動都沒動，他遲疑著回身去伸長手臂輕推了推那人。

喜樂莊

案卷二 石中玉

蒔舞

插畫／阿亞亞

目錄

蒔舞

插畫／阿亞亞

Kadokawa Fantastic Novels DX

「大哥呀？給個反應吧？大黑夜裡怪嚇人的。」

那男人被他這麼一推，直挺挺地跳了起來，把張福全嚇得魂都飛了。

「大哥啊！人嚇人會嚇死人的！」

但那男人就只是站著，也沒任何反應。張福全想就這麼走了，別理會這人算了，但最後還是憑著一股好奇心，他下車走到車尾那男人面前。

「我說……」

張福全這一走近才發覺那男人的臉色幾乎是鐵青的，眼睛直勾勾地望著前方，兩顆眼球就像石頭似的僵硬而混濁。他看著男人身上的衣著，不像是一般百姓，倒像是江湖人穿的。他低頭看去，剛巧來了一陣風，吹開那人的衣襬，這一看他張大了嘴嚇得退了好幾步跌坐在地上。

那個人的腰間竟然有個穿風的大洞，血像是早流乾了，衣服被風這麼一吹起，他才看見那個大洞。有個這麼大的洞在身上，人哪會是活的？

張福全嚇得連滾帶爬地爬上車，顫抖著手用盡全力鞭打他的驢，他的車飛快地衝在官道上，直到那個人遠遠的看不見了，他還是嚇得要命。

張福全臉色發白，心想自己八成是撞邪了，那若不是鬼肯定是殭屍，他居然還跟殭屍講了那麼久的話，他嚇得渾身抖個不停。在他的驢飛快奔跑的時候，他又看見一個人在官道上走，他這下是連看都不敢看，偏偏經過時他忍不住好奇瞄了一眼，這一眼就嚇得他魂飛魄散，那人的右眼竟然插著一根木筷從後腦穿出一截，嚇得他大叫。

「媽啊！」

張福全在心裡把所有能求的神佛都求了一遍，心想著他一輩子安分守己，沒做過任何壞事，他只求和老婆女兒平安度過一生而已，他可不想被鬼勾去當替身。

張福全只不停地抽打他的驢，直到他的驢奔向一個大大的彎路上，他又驚恐得大叫了起來，急忙拉緊韁繩卻已經來不及了。驢子被抽打得瘋狂奔跑，來不及轉彎便直直衝向前面的一棵大樹。

就在張福全覺得他今晚會命喪於此的時候，突然間有股力量把他的驢整個拉向旁邊，他的板車直接歪倒在地上，他的人則騰空飛了出去。

「啊——」張福全慘叫著，閉上眼睛想著他完蛋了。

但有人抓住了他的手臂托住他的腰，把他直扯了下來摔在地上，疼得他七葷八素的。抬起頭來看見一個滿臉鬍子的大漢正瞪著他，沒好氣地開口：

「叫什麼叫，這麼大的彎道還這樣操你的驢跑，是想死還是逃命？」

張福全這下確定這個一定是人，鬼或殭屍哪來這樣炯炯有神的雙目。他連忙扶著腰站起來顫抖著聲音說：

「大哥啊，後頭有殭屍啊！好多個啊！」

「咄。」大漢啐了聲，走過去幫他把車扶正：「要真是殭屍，你最好有命活著，那只是普通的屍身，不是殭屍。」

「屍、屍身怎麼會走路啊？」張福全大叫了起來。

「小聲點，等下引來些不該來的。」大漢瞪著他，幫他把散落在地上的東西撿起來。「你這些不要了？」

張福全回過神來，趕緊上前去撿東西，打開個布包看看，給老婆女兒的布匹還好好的才鬆了口氣。

「幸好沒破。」

大漢睨了他一眼，語氣溫和了下來。

「給老婆的？」

「是啊，剛好賺了點銀子，想給她買匹布做件新衣裳。」

張福全有點不好意思地說，又想起面前這位是陌生人，告訴人家自己賺了銀子豈不是等遭賊？

但是又想到要不是這人幫忙，剛剛自己就撞樹死了，人家真要搶，等他撞死了再拿還省力些。張福全這麼一想就站了起來朝那大漢道謝。

「謝謝這位大哥，要不是你，我這條小命就葬送在這裡了。」

大漢只是搖搖頭，幫他拍拍驢子像是在安撫著牠。

「也只是路過，捎我一程可以嗎？」

「當然當然。」

張福全連忙把驢上的轡繩重新繫好，確認一下他的車還能走，那個大漢就毫不客氣地跳上了車，以手為枕地躺了下來。

「大哥您上哪兒去呀？」張福全客氣地問，輕拍著驢讓牠繼續拉車。

「你上哪兒？」大漢閉著眼睛問。

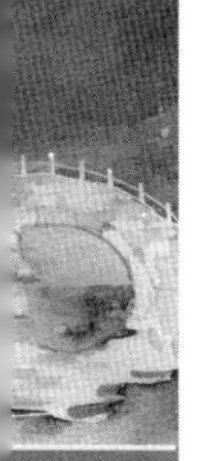

「我要回小萊鎮上。」張福全回答。

「那就小萊鎮放我下來就好。」大漢打了個呵欠，不一會兒就打起鼾來。

張福全覺得這個人也怪怪的，但不管如何至少這個是人，還是救命恩人，更何況有人作伴也讓他不那麼害怕了。

張福全吁了口氣，心裡只期盼著不管是殭屍還是屍身都好，他都不想再遇到了。他就這麼一路聽著大漢的鼾聲，拉著他的板車，盡快往小萊鎮上走。

一進入七月，對段不離來說這是又開心又麻煩的時節。開心的是段語月的身子會好起來，麻煩的是馬上就關不住人了。最近接連下了幾日雨，雨一停，段語月就吵著要出門看花看湖看風景，想吃這間茶樓那間酒館的；加上住在隔壁每天來串門子的孫少璿跟孫子衡，不管段語月說想去哪裡，都跟著起鬨說好，被段不離趕了幾次，只留下段語月哀怨的眼神。唯一乖巧的蘇鐵會幫著陪不能出門的段語月說話，乘機讓段語月多教他寫幾個字。

連續被段語月的哀怨眼神攻擊了五天之後，段不離終於還在一個陰天要帶他出門，因為要帶段語月出門，得不是冷天，卻也不能是豔陽天。

段語月開心得不得了，一早起來段不離說什麼都好，給什麼就吃，連平常最討厭喝的一味藥都乖乖喝下去。

這天氣大部分人都換上了薄料的夏衣，但段不離還是多給段語月裹了件外衣才帶他出門。

雖是盛夏，但雨後的風仍帶點涼意，段語月也不覺得冷，好久沒見的日光透著薄薄的烏雲曬在他身上暖暖的，沒一陣子也出了一層薄汗。

段語月牽著蘇鐵，兩個人走在最前面，沿街邊逛邊吃。段不離緊跟在後頭盯著，以防他吃過頭。

孫子衡一早跑北宜城去找易天容，只剩孫少璿走在段不離旁邊，笑看段語月和蘇鐵跟兩個孩子似地興奮就覺得好笑。

孫少璿有時候也搞不懂段語月，平時看起來優雅得體的一個少爺，論起鬼事又能讓人折服他的經歷；但只要一踏出喜樂莊，就跟孩子一樣天真，有時還有些任性。

但算算他的年紀，也許這樣天真任性的模樣才是符合他年紀的舉止。

「不離、不離！」段語月回過身來，拉住段不離的手臂，一雙眼睛亮晶晶的指著旁邊的攤子。「辣韭盒子！」

「不行。」段不離毫不猶豫地拒絕，在段語月要皺起臉的時候，扶著他的背轉了個方向，指著另一攤。「你看，有核桃酪，好香呢，要不要？」

「要！」段語月馬上眼睛都亮了。

段不離給他買了半碗，讓他吃了兩口，剩下的全進了蘇鐵的肚子裡。

段語月雖然什麼都想吃，但每樣都只吃個一、兩口就算了，所以附近的攤販們都習慣了，都會另外做個小的，或是賣他半個、半串，好讓他嚐點味道。大夥都曉得等到天又冷了，就很難看見他走在街上了。

段語月從街頭吃到街尾，在路口看見好多人都往鎮外走，好奇地轉頭望向段不離。

「河邊有什麼熱鬧的嗎？」

段不離記得早上賣豬肉的李家小兒子過來送肉的時候，興奮地說河岸邊來了艘大商船，似乎是路過此處突然起了大風浪，船主為了避浪，先彎進了三喜鎮邊的河道裡暫時停靠，等這陣風浪過去再出發。

平時那河岸邊都只有些小船會運點漁貨過來，鮮少有大商船會停泊，不是河的深度不夠，而是三喜鎮人口不多。若要做生意，都會直接往北宜城的港口停泊，先繞進三喜鎮再往北宜城得繞道多航行兩個時辰，若不是為了避風，沒有大船會往三喜鎮靠航。

「說是有大商船為了避風停進河岸口了。」

段不離說著，就見段語月一臉興致盎然的模樣，忍不住笑了起來。

「要去看大船嗎？」

「要。」段語月笑著拉住蘇鐵的手：「小鐵要看大船嗎？」

蘇鐵本想說他離京一段時間，早在每個港口看過各種商船、戰船，但看著段語月開心的臉，他只乖乖地點頭。

「嗯，想看！」

「小月沒坐過船？」孫少璿走近來好奇地問著。

「沒有機會坐，大船也不太繞進三喜鎮的。」段語月的臉被日頭曬得紅紅的，難得有點活力的的模樣，讓孫少璿也跟著開心了起來。

幾個人就朝河岸邊走，順著個斜坡下去，拐個彎看見河道的時候，就遠遠的看見那艘大船了。

段語月從來沒有看過那麼大的船，有點興奮地拉著蘇鐵加快了腳步。段不離靠近了些，伸手拉著他的手臂。

「慢點，船又跑不掉。」

那其實只是艘中型的商船，還不算大，但對三喜鎮民來說，已經是艘大到不行的船了。可能是因為已經被迫停在河岸邊，船主就命船員帶些貨物下來販賣，許多人圍在岸邊熱鬧得不得了。

蘇鐵見有新鮮玩意兒賣，就拉著段語月跑過去。這艘船上賣的是些西洋進來的布料和瓷器，還有個貨物箱，一打開就看到亮晶晶的全是彩色的透明琉璃飾品，一些婦道人家馬上衝了上去，驚呼聲四起。

蘇鐵也好奇地擠了進去瞧瞧。孫少璿對那些小東西沒興趣，走去看看一旁賣的西洋兵器和書籍，翻了幾本書都是洋文也看不懂，轉頭望向段語月。還以為他也會去看那些亮晶晶的小東西，但段語月卻轉頭看著河口處，像是在思考些什麼。

「別管他。」段不離走到段語月身前擋住了他的視線，扶著他的手臂帶到攤位邊去，語氣溫和地開口：「買盞琉璃燈放在房裡可好？」

段語月的目光馬上被那七彩的光線給吸引住了，小巧的琉璃燈只有手掌大，但是色澤柔和美麗，蘇鐵見了馬上擠到他身邊來。

「月哥哥，琉璃燈夜裡放在房裡好漂亮的，少爺在……老家房裡也有一個等人高的呢。」

船員聽了笑起來。

「小少爺您別開玩笑了，琉璃燈超過十寸就是上貢品，再富貴人家都不會有的。」

蘇鐵張大了嘴呆愣著的時候，孫少璿走過來摸摸蘇鐵的頭笑說：

「小孩子難免誇張些。」

船員哈哈笑著。

「我們帶來的琉璃燈雖然比不上京裡的貢品，但是品質可絕不會差，每片琉璃都沒有瑕疵的。」

段不離見段語月喜歡，便轉頭望向孫少璿，指指那盞燈。

孫少璿笑著接過段語月手上那一盞，透著光看雖算不上是極品，但尋常人家用已算是不錯了。

「還不錯。」孫少璿轉頭望向段不離：「可以買。」

段不離問了價格，便掏出銀子來付錢。船員小心地幫段語月把燈收進箱子裡包好，段語月看起來開心了點，也沒再去在意河口處，跟蘇鐵繼續看下一個箱子的東西。

孫少璿趁段不離在等船員包貨的時候，輕聲開口：「河口邊上有什麼嗎？」

段不離連望也沒望一眼：「有隻魚精作怪，別理會就好了。」

孫少璿好奇地往河口望了眼。

「不要緊嗎？會不會把浪掀到鎮上來？」

段不離搖搖頭。

「他不敢，這兒現在有龍王鎮守，哪個精怪敢作怪到鎮上來，他敢靠近河口就是件奇事了。」

孫少璿一聽就更好奇了：「不用管他嗎？」

段不離這回望了他一眼：「你想管？」

孫少璿乾笑著，這種事就算是貴為天子的他也沒法子管，他知道段不離基本上不關心這些事，也不愛段語月多管閒事，若自己管了，八成是給段語月惹麻煩。

「我是擔心百姓，如果你覺得那東西不會擾民的話就無妨。」

段不離接過船員小心遞過來的箱子，在孫少璿覺得段不離大概不會理他了的時候，段不離才又開口：

「你真的擔心，親筆寫個『滾』字扔進海裡也許有用。」

孫少瓊愣了一下，段不離已經朝前面的段語月走去。他也不太確定段不離是在開玩笑還是說真的，但又想起初次見面的時候，段語月跟他要了一個「放」字。

孫少瓊想了想，還真的走到一旁跟人借了紙筆，寫了幾個字，在河岸邊找了條小船，給了船家銀子，讓他把那張紙扔到河口去。

而段語月和蘇鐵逛到一箱飾品，都是些耳針、手鐲和項墜，段語月覺得漂亮，想買件給他姊姊，正看著的時候，注意到一塊鑲著寶石的琉璃鏡。他皺起眉正要伸手拿的時候，一個姑娘已經迅速伸手搶了去，撒嬌似地開口：

「爹，我要這個。」

「妳鏡子不是已經好幾面了嗎？」

一個老爺在那姑娘身後無奈地說，抬頭見到段語月，客氣地點點頭。

「月少爺，也來逛呀？」

「是。」段語月認出那是鎮上米行的方老爺，那姑娘是他獨生女兒方寶兒。

方寶兒生得白皙，雖不是十分貌美，但白嫩嫩的姑娘家總十分引人注目，在小小的三喜鎮上也能被稱為美人。方家三代都開米行，算是殷實人家，因此方寶兒個性有些驕

縱。方家距喜樂莊不遠，但方寶兒對他一直十分冷淡，段語月初時不太理解，後來還是賣菜的大嬸笑說那丫頭中意段不離。方老爺還特地為了寶貝女兒來求過親，被段老爺四兩撥千金地笑著婉拒了。方寶兒不死心地想問過段不離的意見，在喜樂莊後門等了三天，就為了見段不離一面。結果聽說段不離連理都沒理她，直接從她面前走過去，等她追著跑了一里路，他才發現方寶兒是在追著他跑。

方老爺倒是個明理的，也聽說過他們魂魄不離的故事，因此只勸女兒死心。喜樂莊是什麼樣的地方，再怎麼樣他也不敢把親事不成的氣撒在人家身上。但方寶兒是個任性小姑娘，可不理會這麼多，只覺得那魂魄不離的事，肯定是段語月不想段不離走才編出來的。

因此這仇似乎是算到段語月身上去了，讓段語月每回見了方寶兒就只能苦笑。

段語月跟方老爺禮貌地打了招呼，耐心等著方老爺拒絕女兒多買一面鏡子。可惜方老爺極為寵愛女兒，還是伸手要掏銀子。

段語月嘆了口氣：「方老爺，這個不買的好。」

方老爺愣了一下，段語月說不能買的東西，大多是真不能買。

但賣貨的船員馬上就不高興了。

「這位少爺你怎麼攔我客人呀？」

段語月只客氣地說：

「我不是要阻你生意，但這面鏡子你們不能賣，哪兒帶來的就哪兒退回去的好，若你覺得為難，可以請船主下來讓我跟他談談可好？」

船員是外地來的，不曉得段語月是什麼人，但方老爺可不是外地來的，他馬上讓方寶兒扔了鏡子。

「寶兒，不買了不買了，我們看別的。」

但方寶兒只覺得段語月是在跟她過不去，氣鼓鼓地說：

「憑什麼不能買，又要講什麼神神怪怪的東西了！」

船員皺起眉，聽方寶兒的話，以為段語月是神棍一類的人。

「這位少爺，今天叫誰來說都一樣，這東西我們是非賣不可。人家姑娘喜歡，我們是正正經經做生意，也是要養家活口的，你可別擋我們財路。」

段語月也沒不開心，只溫和地開口：「不然就賣給我吧，你開個價。」

船員猶豫了會兒，見段語月年少，又沒像方寶兒身後跟個金主。

「這寶石琉璃鏡可貴得很……」

旁邊看見他剛剛買了琉璃燈的船員趕緊衝過來。

「這位少爺剛剛才買了琉璃燈的，快開個價賣給少爺吧。」

這個船員一聽段語月買得起，馬上笑著說：「少爺想要，那有什麼問題……」

話沒說完，方寶兒可不依了。

「明明是我先看上的！」

船員心裡可樂著，想也許可以搶高價，但段語月只安撫著方寶兒。

「方姑娘，不是我要搶妳的東西，這東西真的有些問題，我帶回去看幾天，若是沒事了再送給妳可好？」

「誰要你用過的東西！」方寶兒氣得大叫，指著船員說：「那是我先看上的，你得要賣給我！你們做生意不管先來後到的嗎？這樣也想做生意！」

段語月只覺得頭疼起來。

「方姑娘……」

「誰讓你說話了！你一個男人搶姑娘家用的東西不覺得丟人嗎？」方寶兒氣極了，對著段語月罵。

蘇鐵一聽到她撒潑，馬上就開罵了。

「妳才丟人呢！月哥哥讓妳別買一定是為妳好！這樣的鏡子，月哥哥想要的話我家裡多的是，才用不著搶妳的！」

「你說什麼！」方寶兒氣得一張臉都紅了。

「寶兒！怎麼可以對月少爺這麼無禮！」方老爺連忙拉回女兒斥責著。不管如何，得罪誰都行，得罪喜樂莊可不是好玩的。

方寶兒覺得委屈，馬上眼眶一紅，方老爺就捨不得了，連忙哄著女兒。

「不是我說，我買給妳的鏡子還少嗎？都七、八面了，妳一張臉而已，要那麼多鏡子做啥啊？」

段語月像是想再說些什麼，段不離走近來按住他的肩。段語月抬頭見他一張臉冷著就曉得他生氣了。

「我們不要這東西。」

段不離朝著船員開口，看也沒看方家父女一眼，按著段語月的肩就走。

「講幾次別管人閒事你不聽，可沒人領你的情。」

段語月想反駁，看著段不離的神色又不敢說，只好乖乖跟著他走。蘇鐵也怒氣沖沖地拉著段語月的手，孫少璿看了方家父女一眼便轉身跟上段不離。

有時候孫少璿也覺得好笑，他自成年在宮中就是要風得風要雨得雨，向來只有下人追不著他的分，哪有他追在後面的事。但來到三喜鎮後，他三不五時就發覺自己被落下了，不跟緊點就被段不離跟段語月給扔了，有時候連蘇鐵都會忘記他這少爺還沒跟上。

孫少璿倒也沒不開心，只覺得這感覺新鮮得很。他正想著的時候，蘇鐵大概氣完了，想起他家少爺，趕緊回頭來黏在孫少璿身邊。

「記起我了？」孫少璿好笑地摸摸他的頭。

而蘇鐵也變很多，從前總認為自己是下人，現在倒是會跟他撒嬌任性了。

「我才沒有忘記，我怕月哥哥不開心嘛。」

「他才不會為了這事不開心，他只擔心而已。」孫少璿笑著說。

這些日子以來，孫少璿也很清楚他們倆的個性，段語月總是見了什麼就想管什麼，他擔心身邊一切的人、事，而段不離只擔心段語月一個人而已，對其他事都漠不關心。

孫少璿見他們都沉默著，想是段不離生氣，而段語月知道他不高興所以安靜了，便拉著蘇鐵走上前去，笑著開口：

「小月，沒坐過船吧？」

段語月點點頭苦笑著。

「沒有機會，船因風而動，可我吹了風就頭疼。」

孫少璿笑著說：

「那是你沒坐過畫舫，我去弄艘過來，就在船艙裡坐著，吹不著風。這幾日雨都停了，風平浪靜的，在河岸邊繞繞就好，不會暈船的。」

段語月有點心動，卻只望向段不離，而段不離一聽似乎覺得可以接受，便看向段語月，見他臉上有些期待的模樣，才放鬆了不悅的神色。

「那就去吧，水缸裡還泡著幾隻河蟹，我用酒釀了帶上船去吃？」

「嗯。」段語月這才笑起來，蘇鐵開心地說起自己遊船的經驗，幾個人忘記了剛剛的不愉快，說說笑笑地回到喜樂莊。

當夜，段語月擔心的事就發生了。

剛過一更，段不離正在廚房釀蟹，聽見後門外邊有腳步聲，在門口猶豫地走來走去。他翻著白眼不想理會，但是轉念一想，等下門外的人要是開始拍門的話，就會吵著段語月了。

段不離無奈地提著燒火棍走到後門，打開門見方老爺抬著手一臉尷尬的神情，沒好氣地開口：「這麼晚了，方老爺有事嗎？」

方老爺帶著個米行的夥計，低著頭說：「段管事，下午衝撞了月少爺真的很抱歉，寶兒就是我慣壞的，要怪就怪我好了，我就這麼一個女兒，還請段管事幫幫我。」

同住在三喜鎮上，方老爺也算是看著段不離長大的，他知道段不離平時吃軟不吃硬，若是遇到不利段語月的事，那可是軟硬都不吃。但幸好段不離也不真是個狠心腸，只要過了他這一關，見著段語月就沒什麼他不會答應的事。

段不離當然也是自小就認識方老爺，看他這樣低頭道歉心裡也有點過意不去，他也知道方寶兒就是個寵壞的丫頭，嘆口氣放軟了語氣。

「方姑娘怎麼了嗎？」

「好、好似撞邪了。」

方老爺擦了擦汗。他後來拗不過女兒苦苦哀求，還是買了那面鏡子給她。回去後看她開心地直拿在手上照著，一下子摸摸臉蛋，一下子拉著頭髮，又讓丫鬟給她盤頭髮，試著一起買回來的耳墜，問她娘這樣好不好看，又跑去跟他撒嬌要他誇她美，整下午都開心得像隻雲雀般飛來飛去的，讓他覺得買那面鏡子值得了。

但一入夜就變得奇怪起來，方寶兒突然之間就安靜了，方老爺還以為她厭倦了那面鏡子，想她就是個好勝心強的丫頭，也不見得多喜歡那面鏡子，充其量是想搶贏段語月而已，也無奈地搖搖頭。

沒想到晚上熄燈後，突然間發了瘋似地尖叫說她臉上生了東西。

他從來沒聽過女兒這樣尖叫，那是打從內心因為恐懼而發出的慘叫聲。

把他直接從床上給嚇起來，衝進女兒房裡。她捂著臉不停地慘叫，叫來兩個粗壯的

丫鬟才把她的手給拉開。

方老爺被她嚇了一大跳，臉上全是她自己的抓痕，哪來生了什麼東西。讓她冷靜點，拿了鏡子給她看，她顫抖著看了眼鏡子又尖叫著把鏡子奪過來扔掉，直抓著臉想把臉上的「東西」給抓下來。

方老爺知道她這是撞邪了，想到下午段語月說別買那面鏡子，趕忙去女兒梳妝檯裡翻找出來，吞了口唾沫，小心翼翼在女兒臉上照了一下。

這一照不得了，他嚇得差點扔了那面鏡子。從那鏡面裡映出來的影像，方寶兒的臉上長了個好大的爛瘡，活像一個人臉。

他又拿了其他鏡子照了一下，才發覺她的臉在每面鏡子裡都會出現那個人面瘡，這下嚇壞他了。他連忙叫丫鬟們壓好她別傷到自己，然後把屋裡所有的鏡子都扔出去，別讓她再照到鏡子；而他連忙把那面鏡子包起來揣在懷裡，帶著個夥計便連夜跑到喜樂莊來求救。

段不離聽了倒也沒什麼緊張的感覺，不慌不忙地問：「有其他問題嗎？」

方老爺愣了一下，連忙搖頭。

「就只是鏡子裡……寶兒嚇壞了，直想把那東西撓下來，倒沒有別的狀況……」

方老爺把懷裡那面鏡子拿出來，有些緊張地說：

「我把鏡子帶來了。」

段不離挑起眉來望著方老爺半晌，見方老爺尷尬地低下頭，才伸手接過那面鏡子。

段不離接過那面鏡子看了半晌，只覺得就是面鏡子。

他知道自己看不出什麼東西。以前段修平就說過，對死不足半年的新魂來說，他煞氣太重，多半見了他會躲，就算是厲鬼或是怨鬼見了他也會繞著走，不怕他的只有缺魂魄的殭屍或是有積陰德的鬼，還有認識他的。

所以段不離現在看著那面鏡子，也不過就是面普通的鏡子而已。

他看了半晌，把鏡子遞回去給方老爺，有些不耐煩地說：

「方老爺，你花銀子買下，那鏡子就是你的了，現下就算我收著也治不了你的女兒。」

方老爺一聽就更緊張了。

「那怎麼辦？我、我砸了它！」

「別，砸了它，你女兒的臉就毀了。」段不離也無奈：「回去找個用最久的米袋，把米倒出一半來，放進那面鏡子，再把米覆上，用紅繩紮緊袋口，拿出去曬三天日頭，三天後的傍晚再把米袋整個送過來給我。」

「是是，我記下來。」方老爺見段不離說完就要進門，連忙又叫了出來：「段管事！那寶兒就沒事了嗎？」

段不離在關上門前又望了他一眼。

「暫時別給她照鏡子就好，要擔心的話讓她去睡夫人佛堂的佛桌底下。傷口清理好給她點洗米水敷上，若擔心留下疤就送去我們大小姐那兒。」

段不離說完就關上門，不一會兒才聽見門外的腳步聲離去。段不離搖搖頭走回廚房，見段語月用手指沾著他釀蟹的酒放在嘴裡，忍不住笑了起來。

「想喝就倒酒去喝，偷吃我釀蟹的酒做什麼。」

段語月笑著說：「你釀蟹的酒加了醋嘛。」

「那是醃料了，給你煮個酒釀蛋？」段不離笑著問。

「好！」段語月開心地點點頭，站在一邊看段不離給他煮蛋，手忙腳亂地幫忙遞杓子。

躺了幾乎一整個冬天，加上填湖那陣子的一場大病，段語月許久不曾站在廚房裡看段不離燒菜了。加上孫家兄弟來了之後，屋裡大部分都有其他人在，蘇鐵也三不五時就黏過來找人，感覺很久不曾像這樣只有他們倆待在家裡了。

鍋裡帶酒的熱氣撲到臉上的感覺很舒服，段語月站在段不離身邊，看他把熱騰騰的酒釀蛋給起鍋之後，他開心地捧著碗吹涼夜宵，又看段不離在處理蟹，好一陣子才裝作若無其事地開口：

「你怎麼不把那面鏡子收下，大米壓不了多少怨氣的。」

「也不是怨氣多重的厲鬼，我讓他們明早拉出去曬三天日頭。」段不離無所謂地回答。

「曬上三個月也不一定有用啊。」段語月苦笑著說：「你明知道的。」

段不離在段語月又要開口之前，把一截蟹腳塞進他嘴裡，笑著問：「甜嗎？」

段語月猛點頭，段不離又回頭繼續處理蟹。

「冰鎮到明兒個中午就能吃了，不曉得孫少璿那時弄到船沒有。」

段語月把蟹肉吞下去，扁著嘴說：「我們拿了鏡子再上船好不好？」

「帶著怨魂去遊河呀？不怕嚇著小鐵。」

段不離好笑地睨了他一眼。

「沒事的，也不是什麼厲害東西，三天日頭要是曬不死他，我們再來解決就好，讓那丫頭打幾天地舖也不會少她一根頭髮。」

「我是想……東西是過海來的，送回海上也好，說不定和那條大魚有關係。」

段語月說著就被段不離瞪了一眼。

「還在想那條魚，就叫你別管，身子一好就什麼都想管，難得最近下頭才清靜些，你就不能消停一會兒嘛。」

段不離雖然唸著，但也看不出有多不開心。段語月心想上回段不離差點把閻王殿的屋頂都給掀了，他們還敢差人來才奇怪。

「也不過順便的事，若是很麻煩我絕對撒手不管，都聽你的。」

段語月笑著扯了扯段不離的衣袖。

「我還要蟹。」

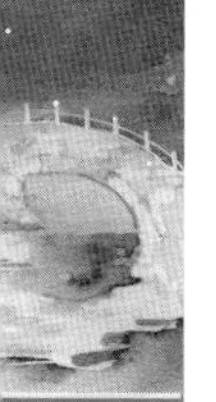

段不離拿他沒轍，又挑了塊蟹肉塞他嘴裡。

「再吃明天就沒得吃了。」

「嗯，不吃了。」

段語月改吃手上熱騰騰的酒釀蛋。段不離放下手上的蟹，擦了擦手去拖了張椅子來讓他坐下，自己蹲在他面前，仰頭看著他。

「小月，就當是為了我，多想著自己一點，別去管那些事好嗎？」

段不離的神情語氣都顯得很溫柔，那是只有在段語月面前才會顯露的神情。

段語月只是輕嘆了口氣。

「不離，那是天命，我就是生來管這些事的。我知道我管不了天下事，所以我只管我遇到的。」

「若真是天命要你管這些事，我就不會在你身邊了。」段不離挑起眉堅定地說：「我在的一天，就不會有任何事比你重要。」

「或許就是天命讓你來看著我的。」段語月的笑容如月般溫潤明亮：「我要過頭了，你就攔著我；若覺得我做得對，就幫著我好嗎？」

段不離曉得自己就是拿段語月沒辦法，也許就是自己身上那一抹魂魄的影響，他總是只能順著他、寵著他，想讓他平安無憂地度過這一世。

出生的家庭、童年的往事他幾乎都忘記了，他十二歲來到段家的時候，他就知道自己生來是要做什麼的，段語月稱這叫做「天命」，但他從不這麼覺得。對他來說他的命要握在自己手上，沒有任何事可以左右他，他就是自己的天命。

段語月總是知道他在想什麼，無奈地笑笑，伸手去輕碰段不離的臉，有時候他看著段不離會有種恍如隔世的感覺，好似他們在更久以前就一直在一起了。

他有這種感覺的話，段不離也會有。不管段不離怎麼想，這對他來說就是天命，或許天命就是需要他們倆被綁在一起。

一陣腳步聲啪噠啪噠地跑過來，段語月連忙把手放下，用雙手捧回他的碗。

「是小鐵吧？」

「大概是來找東西吃的。」段不離不滿地朝外望了一眼。「這太子爺都不餵他家裡人的。」

段語月忍不住笑了。

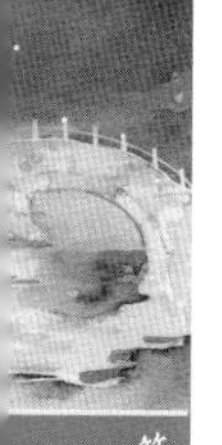

「他拿什麼餵，還不是只能找廚子，隔壁就住著現成的，他何必要找別人。更何況他每天不是魚就是肉的整籮筐讓人搬來，你不也照收。」

「不拿白不拿，煮了還不是進他們兄弟胃裡。」段不離冷哼了聲。

段不離話才說完，蘇鐵就跑了進來。

「段哥哥……咦？月哥哥你沒在房裡躺著呀。」

「身子好了幹嘛一直躺著。」段語月笑著去捏蘇鐵圓潤的臉頰。

蘇鐵不介意段語月捏他的臉，笑嘻嘻地趴在段語月的膝上。

「那月哥哥教我寫字？」

「原來不是找我要吃的，是要找小月寫字？」段不離笑著說。

「啊！少爺餓了啦。」

蘇鐵像是突然間想起來，盯著段語月手裡的碗，笑著又去黏上段不離。

「段哥哥，少爺說有沒剩飯分他一點。」

段不離瞪了蘇鐵一眼：「最好你們少爺真的吃剩飯。」

蘇鐵像是早有準備似地說：「少爺說，段哥哥煮的，剩飯他也吃。」

段語月笑了起來，看著段不離翻白眼，忍不住開口：

「弄點東西給他吃吧，晚上看你不開心也沒敢過來吃飯。」

蘇鐵猛點頭。

「是啊，七爺吵著要過來吃飯，少爺說段哥哥不開心，不可以過來吵的。」

「結果他倆晚上吃什麼？」

段語月好笑地問，就見蘇鐵一臉開心地指著旁邊地上的一簍子地瓜，那還是早上孫少璿讓人送過來的。

「烤地瓜吃，我生的火，七爺烤的，好甜好鬆軟呢！」蘇鐵說著就跳起來：「啊！我留著兩個還埋在火堆裡要留給你們的，可別焦掉了！」

蘇鐵說完就往外衝，段語月都來不及阻止，抬頭見段不離雖然抱怨，但已經在給隔壁那一家三口煮麵了。

段語月笑了起來，向來段不離除了家裡人以外，他誰都不理會，不愛說話也不愛笑，整天只守著自己一個人。段語月總覺得自己就像個鐵籠似的困住一隻猛虎，害他不能自由自在地闖盪這個世界，連個義氣相投的朋友也沒有。

段不離不該被他困在這個小鎮上，他應該像孫子衡那樣馳騁沙場，或像是他姊夫易天容那樣縱橫江湖才該是他的歸宿。

而段不離側頭瞪了他一眼。

「蛋要涼了，涼了就不許吃了。」

段語月趕緊低下頭吃他的蛋，省得等下沒吃完就被充公。碗裡的酒湯只剩下微溫，段不離撈了半杓子熱湯過來給他加在碗裡，開口很隨意，語氣卻很認真。

「你只要身子好了，想馳騁沙場還是縱橫江湖我都無所謂，你就是我的歸宿，你在哪裡，我就在哪裡，別胡思亂想了。」

「……嗯。」段語月安靜了好一陣子，才輕輕應了聲，端起碗來繼續吃，只是帶著掩不住的笑容，安靜地陪著段不離。

隔日快到正午的時刻，蘇鐵就急急忙忙跑進喜樂莊裡，直衝進廚房。

「段哥哥！」

段不離好笑地望著他：「跑那麼快幹嘛？」

「我怕你沒等我嘛，我要看你開冰窖！」蘇鐵睜著一雙大眼睛期待地望著他。

「冰窖有什麼好看的，宮裡什麼沒有？」段不離就不信宮裡沒有冰窖。

「聽說大著呢！但是我沒見過，我不能接近御膳……廚房的。」蘇鐵趴在桌邊看段不離把準備好的小菜都裝進食籃裡。

「為什麼？不接近廚房你拿什麼餵你少爺？」段不離手上動作沒停，隨口問著。

「他們會送來呀，老家有規定出入御……唔、書房的人不能靠近廚房，少爺說這是太祖……爺爺的規定，就跟閹官不得識字一樣。」

蘇鐵講得斷斷續續的，雖然段不離跟他說過私底下不必遮遮掩掩的說話沒關係，但蘇鐵怕自己要是習慣了，在外面也不小心把宮裡事講出來就不好，於是總逼自己要記得改口。

段不離望了蘇鐵一眼，能出入御書房的孩子多半是伴讀，難得有些好奇地問：

「你能出入御書房，為什麼之前老說自己是下人？」

蘇鐵愣了一下，才笑著說：

「我不是伴讀啦，我沒被選上，我只是太傅書僮，幫著磨墨灑掃而已，太傅講課的時候我只能站在外邊，連聽都不能聽的。」

段不離知道就算是書僮，能當太傅書僮的也是非富即貴。

「那是怎麼從書僮變成去伺候你少爺的？」

「我迷路了。」

蘇鐵抓抓頭，不好意思地笑笑。

「我們總共五個書僮，那天太傅命我們去取新的筆墨，可是走著走著不曉得人都到哪裡去了，我一個人找不到回去的路，慌得要命還想著要是被宮裡侍衛撞見，就只有拉出去砍頭的分了。正坐在樹叢裡躲起來哭的時候，殿下找到我，問我從哪裡來的。我那時沒見過殿下，還以為我闖了哪個皇子的寢宮，嚇得我魂都飛了，後來才知道原來我誤闖的是東宮。」

段不離覺得更奇怪了。

「這不更奇怪，東宮沒人看守嗎？你怎麼闖進去的？」

蘇鐵愣了一下，臉色一下刷白，像是發覺自己說了什麼不該說的話。段不離本來也沒想要問那麼多，見他臉色嚇得都白了，伸手摸摸他的頭，隨手塞給他一盤白饅頭。

「就當我沒問過，這幫我放進食籃裡。」

「……嗯。」蘇鐵只愣了一下就接過，轉身去放進食籃裡。

段不離見收拾得差不多了，就帶著蘇鐵去拿他冰鎮的蟹。喜樂莊裡定期都有人送整車的冰塊過來，大部分都放在停屍房底下，好保持屍身完整，段修平會保留一部分冰塊在後院地上的小倉庫裡，那裡頭通常都讓段不離用來保存食物用。

「哇，好涼啊。」蘇鐵好奇地伸手進去摸，段不離只把蟹拿出來塞進蘇鐵手裡，就趕緊關上門。

蘇鐵看著手上一整籃的蟹，口水都快流下來了。

「好香啊！段哥哥。」

「一會兒就能吃了。」段不離笑著跟蘇鐵把剩下的食籃都整理好。

沒一會兒段語月就跑出來了，看他們整理好整桌的食物，有些訝異地問：

「這麼早就要去遊河了嗎？」

「嗯！少爺說在河上吃午餐剛好。」蘇鐵一臉開心地說。

「午餐啊……」段語月抬頭看看日頭，還不到正午，日頭還不算強。

段不離睨了他一眼。

「別老想著那面鏡子，也別給我想那條魚，遊河回來如果你真的擔心，我們傍晚再上方家看看。」

「嗯。」段語月一聽就笑了起來，乖乖應著。

孫少璿和孫子衡這時候剛巧走進來，孫少璿笑著問：

「船已經到河岸邊了，要走了嗎？」

段語月連忙點頭，段不離則拎起食盒，蘇鐵趕緊幫忙拎了幾個他拿得動的，孫子衡也過來幫忙拿，四大一小就出了喜樂莊朝河岸邊走。

雖然日頭高照，但是還不到酷熱的地步，微風吹來相當涼爽，幾個人說說笑笑的朝河岸邊走，沿路都有人跟段語月打招呼。

走到河岸邊，昨天那艘大船還泊在原處，河岸邊仍然熱鬧得不得了，看來是因為生意不錯，所以船主索性讓船員多下來賣點東西。

孫少璿的畫舫就停在大船前頭不遠的地方，段語月邊走還邊朝那天賣鏡子的攤子看，被段不離扯到身邊來。

「別看了。」

段語月也只好扁著嘴乖乖走在他身邊，段不離好笑地挪挪下顎。

「看，那艘畫舫不是很美嗎？」

段語月抬頭望去，那確實是艘很美的畫舫，船上四面都掛著輕紗布幔隨著風搖曳，船身上有著樸實的雕刻，實心紅木散發著潮濕的香氣，沒有想像中的偌大華麗，卻精巧細緻，看來有點年份卻沒有陳舊感。

段語月很喜歡這艘船的感覺和氣味，讓段不離牽著走上船的時候，微微搖曳的感覺很新鮮，卻不令人害怕，是艘很結實又安全的船。

段語月從來沒有搭過船，走到船首朝河口遠眺，風順著河道吹過來的感覺十分舒服，彷彿可以聽見風裡帶著從海面上傳來的細語聲。

段不離怕他著涼，放下食盒之後就把他的外袍取出來給他披上。

「進船艙吧，等會兒可以繞到河口處看看。」

孫少璿笑著把船邊的紗幔束起，蘇鐵連忙跑過來幫忙。

「少爺我來就好。」

船上還有一老一少兩個船夫負責搖槳，看起來像是對爺孫，段語月走進船艙坐下，孫子衡坐在窗邊往外看去，笑著說：

「我從來沒坐過這麼小的船。」

蘇鐵想起那些戰船，用力點頭說：「是啊，戰船都好大的。」

「七爺也打海戰？」段語月好奇地問。

「沒有，海戰我不擅長，但跟過穆將軍出海巡視過一、兩回。」

孫子衡笑著回答。

「穆將軍擅打海戰，手下每個將士都精於游水，他訓練了一支鮫兵，在水裡跟魚一樣，神不知鬼不覺地就游到敵船下，手上的鐵三叉一扎就是一個窟窿，敵船沒一刻鐘就沉了。」

「要能游到敵船下，得要閉氣多久啊？」段語月有些訝異。

「他們都帶著法寶，說是軍機不能洩露，我也不曉得他們是怎麼辦到的。」

孫子衡想起好友神祕的笑容就忍不住笑。

蘇鐵聽著覺得有趣，央著孫子衡多說一些戰場上的事，段語月也聽得津津有味。孫少璿吃著段不離釀好的蟹，只覺得無比美味也無暇說話；船在河道上安穩地前進，微風從窗外徐徐吹進船艙裡，看著豔藍的天空和碧綠的河水，河口水面上一片波光粼粼十分美麗。段語月覺得心情十分的放鬆，好似記憶裡沒有過這麼悠閒的時刻，可以確實感受到生活的美好。

段語月才剛覺得船速剛剛好，慢慢在河道上前進的感覺很舒服，卻突然覺得船速加快了一點。

幾個人還開心地吃吃喝喝，也沒什麼特別的感覺，直到船速越來越快，段語月覺得有點不對勁，才想開口的時候段不離就站了起來。

「太快了嗎？我讓船家慢點？」孫少璿轉頭望向段語月。

「好像……有點不對勁。」段語月有些猶豫地站起來。還沒站穩，船突然一個極大的起伏把所有人都嚇了一跳。

段不離連忙伸手攬住段語月的腰，穩住身子之後把他按在椅子上，而船身開始上下急速晃動，急速奔馳在河道上，就像是水底有什麼東西在推著船。

段不離皺起眉，轉頭盯著孫少璿：「幫我顧著小月。」

孫少璿愣了一下連忙點頭，段不離轉身出了船艙翻身一跳就從船頂躍了過去，段語月急著想站起來卻被孫少璿按住。

「小月，危險別出去。」

段語月只得往窗外喊：「不離，別殺他！」

這一喊也不知道段不離聽見沒，孫子衡見他著急，也把蘇鐵往孫少璿那裡推。

「小月別急，我去看看。」孫子衡說完就從身邊的窗直接翻上艙頂。

孫少璿一手扶著段語月，一手抱著蘇鐵，只能苦笑著想辦法穩住身子不讓他們三個滾出船艙。

孫子衡一上船頂就看見河裡有個巨大的黑影正頂在船後，掀起了一片浪頭，推著船往前翻，而老船夫抓著船舷嚇得瑟瑟發抖，直往船下看，竟不見段不離的蹤影。

孫子衡心裡一跳，皺起眉躍下船尾扶起那個老船夫。

「老人家，看見我兄弟了嗎？」

老船夫只是發抖著往河裡指，還來不及出聲，段不離已經從河裡躍了出來，手上抓著那個年輕船夫上來，老船夫連忙上前拍著正嗆咳不止的孫子。

段不離抹著臉上的水，帶著一臉殺氣轉頭望向孫子衡。

「你的劍，可以借嗎？」

孫子衡也沒有猶豫，直接卸下腰間的劍遞給他。

「小月說不要殺他。」

段不離怔了怔，只瞪了他一眼，抽出他手上的劍，翻出船舷直接落入河裡。

孫子衡看著段不離落入河裡就又不見蹤影了，心裡也有些擔心，轉頭望著老船夫爺孫倆。

「這裡危險，先到船艙裡去吧。」

兩爺孫都還在發抖，孫子衡只好一手抓著一個，直接帶著他們提氣躍過了船頂，把他們塞進船艙裡，讓他們找東西抓好，才回去看段不離的狀況。

畫舫仍然在河道上急速前進，早過了北宜城，孫子衡扶著船舷看著，想這樣下去可能馬上就到東萊城了。

孫子衡抓著船舷穩住腳步探頭往下看，看來段不離的水性還不錯，可以閉氣在水裡撐上一段時間。

孫子衡只見水裡一片混濁，那一片黑影竄來竄去看得他眼花繚亂，幾次想下水幫忙又怕自己誤事。

就在孫子衡想跳下去看看的時候，隨著一陣浪花高高濺起，段不離從水裡躍上船，右手還抓著他的劍，左手拎著隻黑乎乎的東西扔在船上。

孫子衡愣了一下，那看來像條……鯰魚，還在船上一跳一跳地撲騰個不停。

段不離抹了抹臉上的水，反手將劍柄朝向孫子衡遞出去。

「謝了。」

「不客氣。」孫子衡收了劍又望向那條鯰魚：「是這條魚在作怪嗎？看來也不是很大……」

在段不離上船之後，畫舫的速度就慢了下來，但他們已經出了河口，大浪還沒止，一艘小船就在河面上搖曳著。

段不離抬腿踢了那條魚一腳，沒好氣地開口：「裝什麼死，不會化人嗎？」

孫子衡目測那條黑鯰魚還沒有三尺長，不知道怎麼在水裡化成那麼大的影子。

孫子衡還在疑惑的時候，那條黑鯰魚扭了幾下，突然間就變成一個黝黑的小孩，把他嚇了一大跳。

鯰魚精有著圓滾滾的大眼，看起來模樣還挺可愛，縮在船尾顫抖著。

「呃……看起來還挺小的……」孫子衡猶豫著開口。

「能成精化人最少活了五百年了。」段不離翻了翻白眼，向前走一步，抱著手臂瞪著他。「你跟著我們到底想幹嘛？」

「不離？」

這時候段語月從船艙跑了出來，船身還被餘浪打得上下起伏不止，孫少璿緊跟在他身後深怕他一個不小心就摔進河裡。

段不離回頭望去，連忙轉身大步走向段語月，伸手扶住他。

「跑出來幹嘛？等下摔河裡了。」

段語月見他全身濕透了就曉得他剛剛肯定跳到河裡，皺起眉來拎著袖子擦他的臉。

「你自個兒都跳河裡了還說我。」

段不離好笑地拉住他的手：「別濕了衣服。」

段語月無奈地瞪了他一眼，轉頭望向那個鯰魚精。蘇鐵一直黏在孫少璿身後，好奇地探出頭來看。

「咦？怎麼有個小孩呀？」

段語月望著那個鯰魚精，向前走了兩步，被段不離扯了一下，只好停下腳步，語氣溫和地開口：

「請問這位大仙跟著我們是有什麼事嗎？」

鯰魚精看著在段語月背後瞪著他的段不離，嚇得又更縮進角落裡。段語月回頭無奈地望向段不離。

「別嚇唬他了。」

鯰魚精小心翼翼地抬頭看見孫少璿，眨眨眼睛用沙啞的聲音對他說：

「吾並非有意引起水患，只要汝等歸還吾友，吾立即離去。」

孫少璿愣了一下，想起那天他扔進海裡的那張紙。

「你有收到我的信？」

鯰魚精遲疑了會兒才點點頭。

「吾可依人間天子之願離去，只要歸還吾友，吾定當離去。」

「我不知道你的朋友在哪裡，你可以給我一點訊息，我好為你找到他。」孫少璿向前走了一步，語氣溫和地回答。

鯰魚精像是在思考孫少璿的話，沉默了一會兒才回答：

「吾友被囚於晶石之中，複影之內，只要將吾友釋放歸還於吾，吾立即離去。」

鯰魚精說完轉身跳上船舷，回頭看看他們。

「汝等有惡意跟隨，需謹慎小心。」

說完鯰魚精就往河裡跳，孫少璿走過去朝河面上探，只見一條黑魚慢慢游到遠方。

河面還在晃盪，孫子衡不太放心地走過來拉著孫少璿。

「別站在這裡，危險。」

一直沉默著的段語月這時候才開口：「大哥，你寫了信給那個鯰魚精？」

孫少璿愣了一下才點點頭：「不離教我的。」

段語月有些訝異地望向段不離，段不離只覺得好笑。

「你真的寫了『滾』字給他？」

孫少璿笑了起來。

「當然不是，我寫了他帶來水患會危害航行的船隻，請他離開這片水域到無人的地方。」

「所以他跟著我們是希望你幫他把朋友找回來？」段語月說著，嘴裡喃喃自語地唸著：「晶石之中複影之內……那是什麼？」

這時船夫已經換好一身乾的衣裳，手上還拿著一套衣服向前走來，朝著段不離開口：「這位少爺，這有套乾的衣裳您先換上吧，謝謝您救了我孫子的命。」

船夫說著就想跪下來，段不離連忙伸手扶住他，段語月笑著走近去接過那身衣服。

「謝謝您的衣裳，救人是天經地義的事，無須言謝。」

段語月把衣服拿給段不離。

「先去換上吧，別冷著了。」

「嗯，你進去坐著，天開始涼了。」段不離看看快要下山的日頭，順手把段語月給拉進了船艙。孫少璿也正在深思著鯰魚精話裡的意思，轉頭就跟著段語月走進船艙。蘇

鐵怕他不小心栽進河裡，連忙跟在後頭。

船夫在孫子衡也轉身要進去之前先開了口：

「七爺，我們已經快到東萊城了，日頭就要下山，不如在東萊城過一夜，明早再回三喜鎮可以嗎？夜裡行船有些危險的。」

孫子衡看看天色，於是點點頭。

「就這樣吧，先停靠東萊城，如果我兄弟們一定要連夜趕回三喜鎮的話，我們走陸路回去就是。」

船夫一聽大驚失色。

「不行啊！七爺，趕夜路回三喜鎮更危險，非得今天回去的話，不如還是夜裡行船吧。」

孫子衡愣了一下，官道有什麼東西能比夜裡行船危險。

「有什麼危險？有強盜？」

船夫連忙搖頭，小小聲地開口：「有殭屍啊。」

「啊？」孫子衡疑惑地望著船夫：「你見過？」

船夫大力搖頭。

「沒有沒有，見過我哪還活著。最近從貴州往東萊方向的官道上有殭屍出現，還不只一個呢！我可沒胡說，縣衙都張貼了告示的，您可以去縣衙前看。」

孫子衡一聽就樂了，在縣衙張貼的告示上寫著官道上有殭屍出沒，這可是奇事，他等下絕對得去見識一下才行。

「我知道了，就先在城裡過一夜吧。」孫子衡笑著轉身走進船艙裡，迫不及待想把這件事告訴段語月。

老船夫搞不清楚有殭屍這種恐怖的事有什麼好開心的，不過有錢人總有些奇怪的毛病，他也不想多問，只連忙把孫子叫出來，搖著槳準備停靠東萊城。

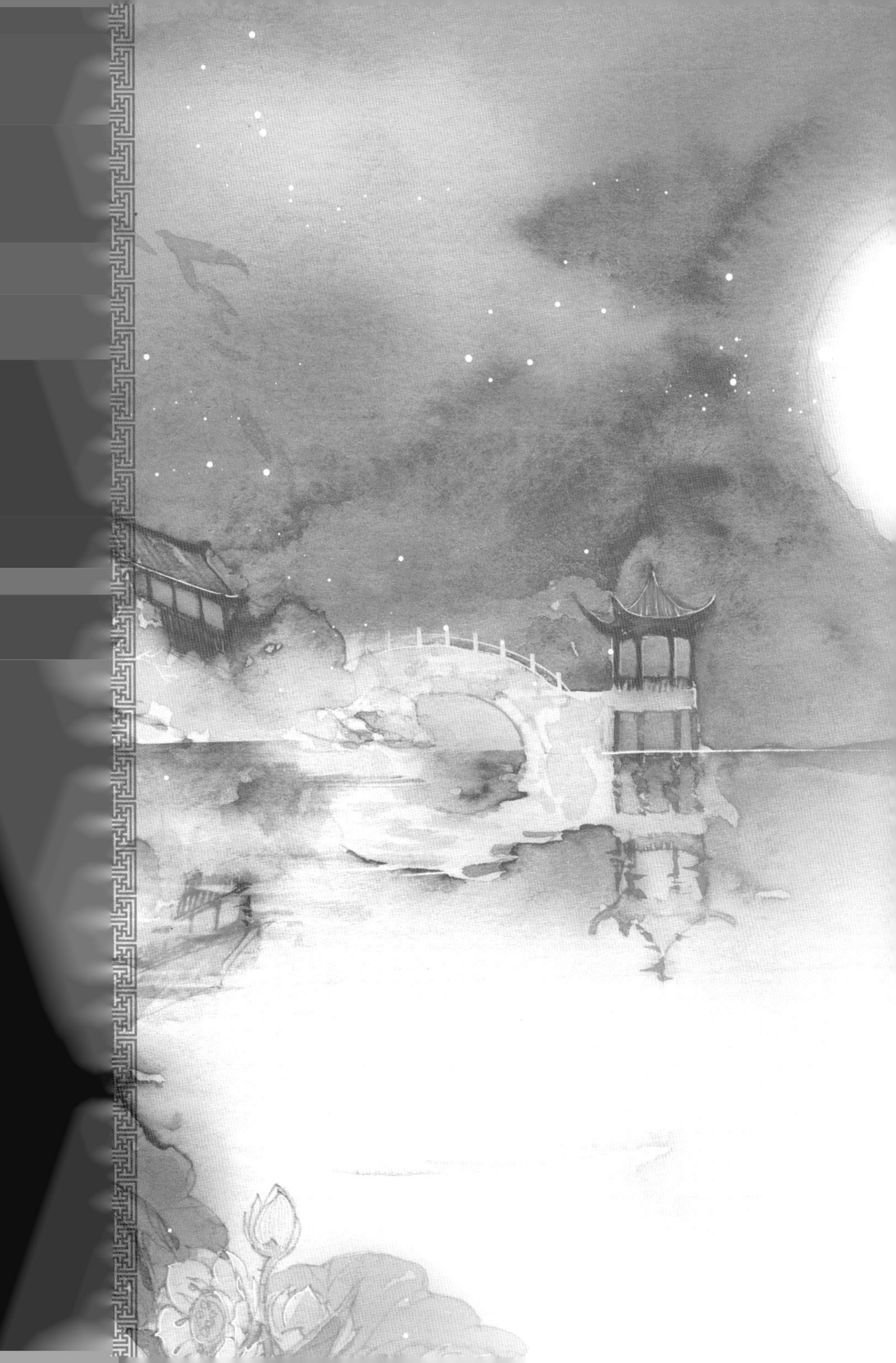

「殭屍？」

段語月不太確定地又問了一次。

「你說有殭屍？在官道上？」

「是啊，靠岸前船夫告訴我的。」孫子衡笑著說：「聽說不只一個，還貼在縣衙外邊，讓大家別趕夜路上官道。」

「這也太亂來了，這種怪力亂神的事怎麼能寫成告示。」孫少璿皺了皺眉頭。

「好可怕啊……真的有殭屍啊段哥哥。」蘇鐵一臉擔憂地望向段不離。

段不離正在給段語月剝蝦，順手塞了一隻進蘇鐵嘴裡。

「殭屍有什麼好可怕的，不過就是死人。」

「可是死人會走不是更可怕……」蘇鐵咬著嘴裡的蝦，含糊說著。

段不離把蝦放進段語月碗裡，半是玩笑半是認真地回答：

「活人比什麼都要可怕，你只要擔心活人就好，死人不必你操心。」

段不離想起早上蘇鐵跟他說的事，他不信在皇宮裡有什麼走一走人都不見了的事發生，肯定是故意把蘇鐵丟下來的，要不是他運氣好遇上這個太子殿下，恐怕是沒命活到現在了。

蘇鐵歪著頭想了半晌，最後看來也是想到那件事，便沉默著低頭吃他的飯。

船夫把畫舫停靠在東萊城港口之後，他們爺孫倆顧著船沒下來，只告訴孫少璿他們城裡哪間飯館有名，哪間可以住下。

他們一行五人就慢慢逛著東萊城，找到船夫說的住店，先要了一桌子菜，幾個人邊吃邊聊。除了段語月還在想那面鏡子以外，其他人倒也不急著趕回去，就決定先住一晚再說。

「我們等會兒可以去縣衙看看告示。」孫子衡笑著說。

孫少璿覺得好笑，正想說兩句的時候，客棧外面走進一群衙役，一個年輕捕快走進來，視線在客棧裡繞了一圈，店小二連忙上前去招呼。

孫少璿還好奇地看著，段語月只顧著吃段不離夾給他的東西，才把一隻蝦又放進嘴裡的時候，就看見凝香從外邊飄進來了。

她平時不敢隨便靠近段語月，深怕段不離會把她打出去，於是都安靜待在孫少璿身邊。要是孫少璿去找段語月，她就待在遠處不靠近，只有段不離不在的時候，她才敢接近段語月，但這時候她卻突然從外邊飛快地飄了進來。

「公子，出事了。」

段不離挑起眉來，看起來倒不像有不高興的樣子，段語月望著凝香。

「怎麼了？」

「嗯？」蘇鐵抬頭望向段語月：「什麼怎麼了？」

「官府的人是來找你們的，船底有具屍體，被人發現了。」

凝香急速地說著。

「現下他們捉了船夫爺孫倆，知道殿下是船主，所以來捉拿你們了。」

段不離倒是笑了起來，他還不信這小縣衙的人能抓得了這兩尊大神，而段語月只是愣了一下便望向孫少璿。

「大哥，那畫舫是你買下來的？」

孫少璿愣了一下才回答：

「是，買下來比租下來方便些，我見這艘畫舫雖然有些年頭，但十分質樸又結實，就請船主賣給我了。」

段語月倒有些煩惱，只為了帶自己遊河就買了艘畫舫也有些太過浪費，而凝香見他們倆都不在意的模樣，急著又開口說：

「公子，殿下不能洩露身分，他要是在縣衙露了身分，馬上就會被皇上知道的。」

段不離沒什麼反應，段語月則笑著說：「別擔心。」

孫少璿見他答非所問，愣了一下才意會過來，神情語態都變得極為溫柔。

「凝香在這兒？」

「嗯，來通風報信呢。」段語月笑著，小小聲地開口。

「報什麼信？」

孫少璿好笑地問，話才說完，門邊那群官府的人已經朝他們走過來。

為首的那個捕快望著他們，語氣嚴厲地開口：

「今晚停進港口的畫舫是你們的？」

「是我們的。」段語月在其他人開口之前先開了口，語氣溫和地說：「請問官差大人，我們的船有什麼問題嗎？」

那捕快見段語月語氣神態跟長相都很好，又似乎有些面熟，再看看這一桌其他人，還有個孩子睜著大眼睛望著他。

「你們從哪裡來，來東萊城做什麼？」

「大人，我們從三喜鎮上來，本來只是想在附近遊湖，但是在河口突然遇到大風浪，就一路往東萊城避風了，想說先在這裡住一宿，明天一早再回三喜鎮。」

段語月向那個捕快解釋著，最近河道上常常突起大風浪的事應該在北宜城跟東萊城都傳開來了才對。

「三喜鎮……你們全是三喜鎮人？」捕快望向孫少璿跟孫子衡，這兩個看起來就不像是一輩子住在小鎮上的感覺。

孫子衡跟孫少璿對望了一眼，孫子衡開口：

「我們兄弟倆是從京城來的，路過三喜鎮的時候，覺得頗為喜歡就留下來了。」

那捕快盯著孫子衡。

「你是江湖人？」

「不算，就練過幾年劍而已，帶著防身。」孫子衡客氣地回答：「請問大人，我們的船是怎麼了嗎？」

捕快抱著手臂望著他們半晌。

「你們的船底下有具屍體，在調查清楚之前，你們都不能離開。」

段不離幾次想開口，都被段語月給按著，段語月只是禮貌地開口：

「大人，是否可以讓我們看看屍首？」

捕快挑起眉來望著他，段語月又接著說：

「小姓段，三喜鎮上喜樂莊的人，我與仵作吳三爺也相當熟識，我們不知道船底下有屍首，可否讓我們看看屍首是我們認得的人好嗎？」

捕快當然也知道三喜鎮的喜樂莊，偶爾城裡的仵作吳三爺有搞不懂的疑難雜症，都會專門去請段修平來看看。

捕快聽到是喜樂莊的人，大概也猜到眼前的是什麼人。喜樂莊裡沒有學徒，段修平除了女兒就一個獨子段語月，這麼一看也才知道為什麼覺得段語月面熟。段語月與他姊姊生得十分相似，去年他母親患病，他帶著母親往返北宜城給段曉蝶看病，因此對段曉

蝶的容貌也算是記憶深刻。

「原來是月少爺。」捕快的語氣和緩了些，又思考了會兒才開口：「但就算是喜樂莊的人，船是你們的，船底下有屍首當然也得先確認你們的嫌疑我才能放人。」

「這是自然。」段語月笑著回答：「在確認清白之前我們不會離開，但可否讓我們看看屍首？」

捕快點點頭：「那走吧，屍體還在河岸邊。」

段不離起身的時候扔了些銀子在桌上。蘇鐵有些不安，連忙去黏在孫少璿身邊，倒不像是怕官差，顯然是怕他們的身分被發現。孫少璿摸摸他的頭，笑著開口：

「沒事，別擔心。」

他們跟著官差再走回港邊，捕快在路途中跟段語月閒聊了幾句。段不離記得宋小冉提過他東萊城有個兄弟叫霍青，雖然只是個捕快，但是比東萊的廢物捕頭能幹太多，東萊城的案子大多是霍青破的，只可惜功勞總被他頭兒搶光。霍青也不在意，不想升官只想著辦案跟家裡的老母親。

段不離難得對生人開口：「你可是姓霍？」

霍青很警覺地望著段不離半晌，大概是想起他是誰才開口：

「你是……喜樂莊的段總管？」

段不離點點頭。

「宋捕頭時常提起你。」

提起宋小冉，霍青就笑了起來。

「小冉也時常提起你，他可是怕了你了。」

段不離挑起眉來，也覺得有些好笑，段語月聽到他們是好朋友連忙開口：

「不離跟宋捕頭都鬧著玩兒的，沒有惡意。」

霍青想起宋小冉斷的那隻手可不是鬧著玩的而已，但他也知道他這兄弟的性子，他不討打也沒人敢打他，能打折他一隻手肯定惹到不該惹的人。加上他心虛，霍青事後也問過要不要替他出頭，宋小冉只苦著一張臉說自己活該，這事別再提了，之後對段不離的評價倒也很好。於是他只笑了笑。

「小冉個性不好、眼色也不好，時常惹到不該惹的人，才會一個好捕頭從京城落到這小鎮上來，就請段總管多擔待了。」

段不離聳聳肩沒說什麼，他不太關心段語月以外的事，所以只要別碰著段語月，他也不會理會別人在做什麼。

霍青也聽宋小冉說起段不離這個性，於是又望向段語月。

「月少爺，你那兩個朋友，是來自京城？」

「是，一路遊山玩水，到了三喜鎮與我們相識之後，意氣相投便暫時留了下來。」段語月笑著說。

「看來不是尋常人家的少爺？」霍青望著走在前面的孫少璿和孫子衡。

「這我就不知道了，我與他們相交只在一個誠字，並沒有多詢問他們的身家。」段語月笑笑地回答。

霍青望了段語月一眼，只點點頭沒有再多說。前陣子三喜鎮填湖之事鬧得鄰近幾座城都曉得了，魏老將軍都特地從貴州海防調了幾隊兵員過去就為了幫忙填湖。這事在縣衙之間也傳言不少，魏老將軍在貴州城駐守了那麼久，從來沒聽說過他關心三喜鎮那個小湖，突然之間就大義凜然地說為了百姓要填湖，這種事誰聽了都不信的，所以也就一直傳說三喜鎮上有貴人在，為此他還派了次子魏副將待在三喜鎮上好一陣子，直到告假

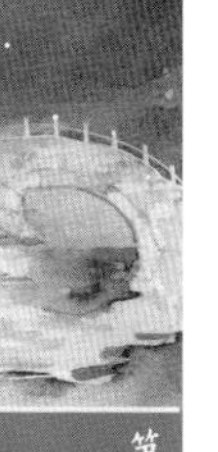

時間逼近才回到貴州。

霍青並不想知道那兩位貴人是有多金貴，只要這兩人不是來禍亂百姓的就無所謂。

霍青想著，一行人已經走回港邊，不少民眾在附近圍觀，官差把屍體周邊清空來給仵作檢驗。

霍青朝手下示意，讓段語月他們進來。仵作吳三抬頭朝霍青點點頭，看見他身後的段語月愣了一下。

「這不是月少爺嗎？」

「吳三爺。」段語月笑著朝吳三打招呼，吳三站了起來，還以為段語月是來幫忙的。

「月少爺是來幫忙勘驗屍首的嗎？」

段語月連忙搖頭。

「吳三爺說笑，我哪裡懂得怎麼勘驗屍首，只是這具屍體在我們船上，所以霍捕快來找我們了。」

「欸？這船是你的啊？」吳三有些訝異地望著那艘畫舫。

「不是，是我義兄弟的，我只是跟著來遊遊河。」段語月說著望向孫少璿。

吳三望向孫少璿和孫子衡點點頭，又蹲了下來看屍首，屍首正面朝下趴著。

「這人基本上是溺死的。」

「所以不是被謀害的？」孫子衡挑起眉來問著。

「這我可不敢說，我只能說死因是溺斃。」吳三又小心翼翼查看屍首背上其他部位。「他頭上有傷，可能是昏厥之後溺斃。」

「屍體是在哪裡發現的？」段不離開口問。

霍青指著船尾，在兩側都有個勾子，是用來栓住固定船身用的。

「被人發現綁在那裡溺死的。」

段不離皺起眉：「我們上船的時候，我肯定那裡什麼也沒有。」

「總不成是那人把自己綁在上頭溺死的吧？」一個人毫不客氣地開口，從外邊走進來。

其他衙役紛紛招呼著：「頭兒。」

霍青只微皺了下眉：「頭兒，怎麼來了？」

「有案子怎麼不叫我？」來者是個衣著華貴，儀表光鮮的年輕人，腰上佩著把華麗

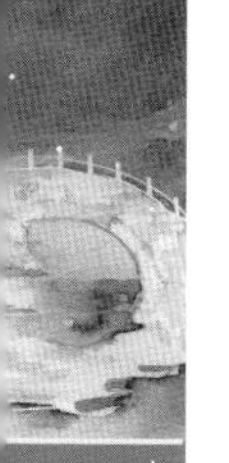

的劍，看來倒不像捕頭，像個名門少俠或是富家少爺。

「您交待過和紅六娘商討機密的時候別打擾您的。」霍青一臉面無表情地開口。

「咳。」東萊的捕頭柳惟明乾咳了聲：「我商討完了，聽說有案子就過來了。怎麼這些犯人沒帶回府衙審問，卻帶來看屍首？」

「頭兒，他們雖然是船主，但還沒有確認是犯人，我想讓他們看看是否認得這具屍首。」霍青客客氣氣地回話。

「不是犯人，難道這人是綁著自己自盡的？」柳惟明挑起眉來的模樣像是在看個蠢蛋一樣。霍青也沒生氣，倒是吳三爺受不了得直翻白眼。

「就是這人自個兒綁著自己的。」吳三爺說著把一截纏在屍首腰上的繩子扯出來向前扔去。

柳惟明皺著眉看了半晌，又習慣性地望向霍青，霍青很順地接了口：

「頭兒您當然一看就曉得了，這繩結是活結，一扯就鬆，如果他是被人綁著的，不會綁著活結，更何況繩子只綁在屍首腰上，他的手還能活動。肯定是這人想固定自己，但畫舫遇上大風浪，他不慎撞了頭昏過去了才溺斃的。」

「那這人為何要把自己綁在船上？」柳惟明又問。

霍青停頓了會兒才開口：「屬下無能，還在探查。」

柳惟明似乎就想聽霍青這麼說，趾高氣昂地朝段語月他們開口：

「在查清之前你們都還是嫌犯，誰也不能離開東萊城。」

柳惟明看來只想擺架子，說完就負著手裝模作樣走了。

段語月他們四個人都很安靜，倒是蘇鐵一直想說話，被孫少璿按著，等柳惟明走了，蘇鐵才開口叫了起來：

「那個人好笨！連我都看得出來那是個活結了！」

「小鐵，不可以這麼沒禮貌。」孫少璿伸手掩住他的嘴，忍著笑看向霍青，溫和地開口：「抱歉，小孩子不懂事，請不要在意。」

霍青也忍著笑咳了聲，點頭說：「小孩子家，沒事的。」

蘇鐵還是覺得忿忿不平，跑過去黏著段語月，小小聲地問：「月哥哥，那個人擺明了在欺負這個捕快哥哥，為什麼你們都不講話？」

段語月摸摸他的頭，輕笑著低聲開口：

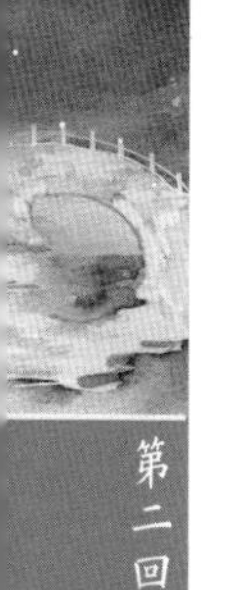

「我們當然可以幫他出頭，可是事情結束我們離開了，捕快哥哥一樣是那個人的屬下，到時候誰給他出頭？我們幫他出頭只是給他添麻煩。」

蘇鐵思考了會兒，大概是想連他家少爺都忍著沒發作了，他一個小孩有什麼好抱怨的，想想就安靜了下來。

孫子衡望著柳惟明的背影好一陣子才回過頭來望著霍青。

「這人有什麼身家背景嗎？」

霍青猶豫了會兒只聳聳肩沒回答，倒是吳三爺冷哼了聲。

「他姊夫就是東萊知府，這東萊城要是沒霍小哥兒跟師爺溫輕鴻，早就民怨四起了。」

孫子衡若有所思地點點頭，霍青無奈地望著吳三爺。

「我的三爺，你也少說兩句，等下給頭兒聽見了又得發幾天脾氣。」

「溫輕鴻……溫輕鴻，這名兒怎麼這麼熟。」孫少璿自言自語地想了半晌。

「我們溫小師爺可是中過進士回鄉的，要不是被奸人所害……」吳三爺還在碎唸著，孫少璿突然想了起來。

「三年前的兩榜進士，御花園裡……」孫少璿話沒說完被孫子衡扯了一把，連忙閉了嘴，想想又覺得奇怪，望向了吳三爺。

「三爺，您說溫輕鴻中過進士？他不是當年的一甲狀元嗎？」

「這還不是被奸人……」吳三爺嘆了口氣，霍青沒等他說完就走了過來。

「吳三爺，別多話了，屍首要是檢驗完畢就該送回去了。」

吳三爺也曉得禍從口出的道理，摸摸鼻子就轉身去搬動屍首。

而霍青望著孫家兄弟，語氣平淡地開口：

「輕鴻淡泊名利不適朝中生活，早早便請辭回鄉造福鄰里。」

孫子衡皺起眉還想問的時候，孫少璿伸手阻了他一下。

「我們明白了，如果霍大人覺得我們不是凶嫌，可否放我們回旅店，在大人清查之前我們不會離開的。」

霍青點點頭。

「請暫時不要離開旅店，等我回去跟頭兒報告過了，確認你們不是人犯就可以回三喜鎮了。」

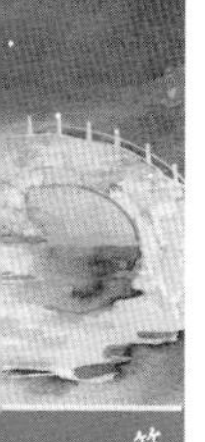

「那以防我們途中逃走，霍大人是否需要看著我們回客棧？」孫少璿笑著說。

霍青猶豫了會兒，看看一旁的段語月，只見段語月平和地笑著。

「霍大人，不如一同回客棧吧，也對柳捕頭好交待。」

霍青想想就跟身邊的手下們交待了幾句，讓他們先回去，他獨自一個人打算跟著段語月他們往客棧走。

這時吳三爺將屍首翻過來打算搬運離開，孫子衡望了一眼怔住，直盯著屍首看。

霍青望向孫子衡：「你認得這具屍首？」

孫子衡朝他看了一眼，猶豫了會兒，望了望四周才回答：

「有些眼熟而已。」

霍青想孫子衡可能在防些什麼，而孫少璿可能有話跟他說。他原本不想多說是因為周圍人多口雜，要是有人把這些話講給柳惟明或是知府聽的話，可能又會給溫輕鴻帶來麻煩。

但看來這兩個貴人，似乎真有什麼來頭，霍青決定先聽看看他們怎麼說，再決定下一步要怎麼做。

永順十八年，金榜提名的兩榜進士裡，以溫輕鴻、穆冬平、趙以南三人表現尤為突出，殿試後皇上宴請新科進士，在御花園裡御筆欽點溫輕鴻為狀元，趙以南為榜眼、穆冬平為探花，同時選溫輕鴻任翰林院學士供奉。

「那是三年前的事了。」孫少瑢回想著：「跟他暢談史書是件相當有趣的事，我本想跟皇上請求讓溫輕鴻來當我伴讀，但隔年凝香死了，我遣走東宮所有的人，再也沒見過他了。」

聽孫少瑢這麼輕描淡寫地說凝香死了，讓孫子衡感到十分訝異，曾經這件事是提都不能提一個字的。

蘇鐵大概也這麼想，跑過去黏在孫少瑢身邊，讓孫少瑢好笑地摸摸他的頭。

「又怎麼了？」

蘇鐵只是搖搖頭，孫少瑢好笑地坐下來，餵了一顆糯米丸子給他吃。段不離這也才曉得為什麼東宮會被一個孩子闖了進去。

他們總共要了三間房，現在都坐在孫少璿的房間裡談事情，霍青本要送他們回來，但半途中就被急著叫他的柳惟明給叫回去了，他只無奈地說晚些再來拜訪。孫少璿也沒說什麼，只低聲說了句：

「若是方便，請私下帶溫先生一同過來，就說故友想見他一面。」

霍青有些訝異，但只點點頭沒說什麼就走了。

他們現在聚在一起吃宵夜，順便聽孫少璿講當年金榜的事，段語月鮮少聽他講宮裡事，也覺得很新鮮。

閒聊了半個時辰左右，他們就聽見腳步聲，全都很有默契地閉了嘴，只有蘇鐵咬著糯米丸子問下一個是什麼餡兒的。

敲門聲響起的時候，離門邊最近的段不離起身去開門，見霍青站在門口，身後有個書生模樣的年輕人，年紀約莫二十五、六歲，有點太過瘦弱但容貌清俊，眉宇之間帶著股堅毅不屈的神色。

段不離見只有他們兩人，便後退讓他們進門。霍青先走進門，朝他們打了招呼，又

望向孫少璿。

「我帶了溫先生過來。」

孫少璿看起來很開心，轉了身子朝向門口。溫輕鴻走進門，先看見了段不離和段語月，轉頭看見孫少璿的時候臉色一下子刷白，像是被雷擊一樣站在那裡動彈不得。

「輕鴻？」霍青愣了一下，扯了扯他的袖子。

「溫兄，許久不見了。」孫少璿笑著起身，溫輕鴻像是突然驚醒一般，馬上回頭看向門外確定沒有別人，反手迅速關上門，袖子一攏直接跪落在地。

「臣——溫輕鴻見過——」

孫少璿連忙伸手攔著他，沒讓他跪拜落地，語氣溫和地開口：

「溫兄，忘記上回怎麼說的了？」

溫輕鴻怎麼會不記得，那日在東宮，他與太子殿下相談甚歡，太子殿下說了往後只要不是在朝，他們私下見了就是兄弟，無君臣之分。

溫輕鴻臉上一陣青一陣白的，當日的一切還猶如昨日一般，但三年之內能改變的事實在太多了。他的神情像是有著委屈忿怒卻又有著寬慰，連眼睛都紅了，半天才開得了

口，語氣有些顫抖。

「……今非昔比，臣……」

「好了，起來說話，我兄弟都要被你嚇壞了。」

孫少璿拍拍他的肩，沒讓他說下去，好笑地朝霍青望了眼。

「我看你兄弟也要被你嚇壞了。」

溫輕鴻望向一臉不知所措的霍青，還不敢起身，只又開了口，伸手想拉霍青跪下。

「霍青為東萊城縣衙捕快，不知殿下身分……」

「好了，輕鴻，我叫你起來。」孫少璿板著臉望向了溫輕鴻。

霍青站在那裡尷尬的不知是要跪還是不要跪，溫輕鴻也沒敢猶豫，連忙站起身。

「謝殿下。」

霍青此時只覺得自己跟溫輕鴻若不是大禍臨頭，就是大運來了。宮裡有七個皇子，但他只聽過溫輕鴻提起過一個殿下，就是當朝太子公孫璟。

他們時常晚上喝酒，溫輕鴻喝醉了的時候，會說起他平日從來不會提起的往事。他當年殿試金榜題名，皇上與太子在御花園裡宴請新榜進士，那天皇上欽點他為狀元，太

子為他討了翰林院學士供奉，那幾日他在東宮和太子殿下連夜暢談史書經論，那是他人生中最意氣風發的一段時日。

溫輕鴻大約也覺得自己失態了，深吸了口氣，才又抬起頭來望向孫少璿。

「聽說殿下……落腳在三喜鎮上？」

「是，你會為我保密吧？」

孫少璿笑著說，溫輕鴻看來十分緊張，馬上又想跪下。

「臣——」

「好了，別再臣了，再臣下去客棧上下全曉得我在這裡了。」孫少璿好氣又好笑的說，溫輕鴻連忙閉嘴。

「聽說先生是一甲狀元。」

段語月柔和的聲音響起的時候，溫輕鴻怔了一下才回過頭去。段語月只是朝他笑著，笑容明亮溫柔給人幾許安心感，讓溫輕鴻覺得鎮定了一點。段語月只是輕輕抬手。

「先生請坐。」

段不離替他們倆拖了兩張凳子過來，霍青看著溫輕鴻，而溫輕鴻想了半晌才咬著牙

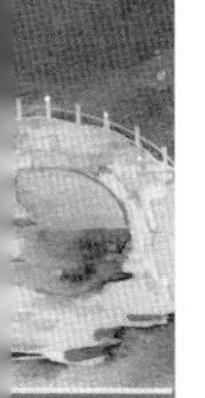

坐下，語氣有些淒涼地開口：

「是……曾是。」

「那就給我說說，你是怎麼從皇上欽點的狀元、翰林院學士，卻落到這裡當師爺的。」

孫少璿皺著眉問，當年雖說是他在皇兄面前多讚了幾句溫輕鴻，但他皇兄又不昏庸，溫輕鴻才學之高遠比起穆冬平、趙以南都要來得有才幹，就算他沒讚過溫輕鴻，他也絕對會是狀元。

溫輕鴻猶豫著，臉上神情陰晴不定，最後低著頭開口：

「臣、我……我盜走翰林院中藏書，罪該革除功名，但皇上仁慈留我功名只貶我回鄉，還能任職知府師爺，我已萬分感謝。」

霍青皺了皺眉似乎想說些什麼，最後仍然沒有開口，低著頭神色緊張。

孫少璿倒是笑了。

「輕鴻，你是在試探我嗎？」

「臣不敢。」溫輕鴻只是更低下頭。

孫少璿給他們倆倒了杯茶，旁邊段不離正在為段語月剝栗子，段語月邊吃邊餵蘇鐵，蘇鐵只負責張嘴跟乖乖的坐在那裡不插話，孫子衡揀些段不離剝好的栗子來吃，一邊聽孫少璿說話。

「好吧，說說你盜了什麼書？」孫少璿好笑地問他。

溫輕鴻愣了一下，話回得有些勉強。

「……翰林院中藏書萬冊，臣隨意取了幾本，並不記得……」

「所以你是在告訴我，你身為翰林院學士供奉，可以隨意閱讀院裡藏書，你外公身為先皇太傅，家中藏書沒有萬冊也有千冊，你卻要去盜取你根本不記得是哪本的書？」

孫少璿好笑地望著溫輕鴻。

「你覺得若我信了這種蠢話，就顯得我跟皇上一樣不在意真相？」

「臣——」溫輕鴻臉色蒼白，一撩衣襬又想要跪下，孫少璿翻了翻白眼。

「別！怕了你，給我閉嘴坐下。」

溫輕鴻只好面色鐵青地乖乖坐下，孫子衡覺得有趣，給自己倒了杯茶。

「你是得罪了誰，害你被栽贓還差點革了功名？」

溫輕鴻看著孫子衡，不太確定他是誰，但之前聽霍青說這兩兄弟是從京城一起來的，那肯定是宮裡人，但宮裡七個皇子他都遠遠見過幾次。

孫少璿見他猶豫，笑著說：「這是我七弟恕華，你還沒見過。」

溫輕鴻愣了一下，他就算沒見過，他也知道公孫恕華是誰。

「將軍。」

孫子衡只揮了揮手。

「說說誰陷害你？或是你做了什麼讓人陷害你？」

溫輕鴻看起來還像在忍著，最後是霍青忍不住開口：

「你就說吧，就算賭一把也好，你待在東萊不就是為了賭這一把嗎？你跟家裡都脫離了關係，再也連累不到他們了，是你告訴我可以相信的只有太子殿下不是嗎？」

溫輕鴻的臉色一陣青一陣白的，像是想說什麼又說不出口，霍青忍不住說下去：

「你就是顧忌太多才會落到今天這種下場。」

溫輕鴻最後重重的嘆了口氣。

「這一切都是從一個卷宗開始的。」

翰林院裡最重要的當然是為皇上起草詔書的文淵閣，但溫輕鴻只是個供奉，除了修書撰史以外，就是整理案卷。

而翰林院裡除了藏書以外，最多的就是卷宗，溫輕鴻書看得多了不覺得稀奇，對老舊卷宗特別有興趣。

於是得了皇上的令，可以出入院裡藏卷閣所有的卷室，負責整理並修復、保存老舊案卷。

溫輕鴻興致勃勃地打開一間據說已經有七十年沒有人進入過的卷室之後，幾乎是一頭鑽進那些陳年卷宗裡。

那個卷室裡放的全是封存的案件紀錄，溫輕鴻對那些前朝奇案特別有興趣，一卷卷打開研究過去的案件是如何偵破的，小心翼翼整理修復那些破損的案卷。

但時間久了之後，他發覺這間藏卷室並不像管理的老學士所說的，已經有七十年沒有人進入了。

裡頭的案卷只照年份堆放，看似清楚但也很凌亂，他在年份之下按照案件時間和類型一一分類，在分類之後他就發覺了一件奇事。

在長達四百年的卷宗裡，不同年代不同時間也不同類型的案件裡，出現了同一樣物品，似乎都是因為那個物品，而導致那個案件的發生。

溫輕鴻在第三次看見那個東西的時候，就注意到了。他把所有曾出現過那東西的案件，就算只是輕描淡寫地提過，他也全部挑出來。

但這一挑出來他就發現，並不是只有他注意過這些案卷，在所有他挑出來的案卷裡，已經有人用紅筆在卷軸下方做了個小小的記號。

這讓他更為好奇，也更容易找出那些被他漏掉的相關案卷。他找了個箱子把所有的卷軸收攏，竟然有七十餘卷。

他出去問了老學士是不是有其他人進過這間藏卷室，但老學士只搖搖頭，說七十年裡只有他一個人有興趣進去而已，裡頭的案卷基本上都是些懸案或是單純的紀錄，不會有人去看，沒有皇上手諭也無人能入。

這就讓他更加好奇了，皇上在翰林院給了他一個小房間作為修復案卷之用，也准他留宿在翰林院藏卷閣裡，他沒日沒夜地研究那些案卷，慢慢發現某些規律。就在他覺得需要稟告皇上的時候，他先回家一趟和他外公商量此事。

「而這一切就錯在我顧忌太多，沒有當機立斷進宮稟告皇上。」

溫輕鴻神色黯淡地說。孫少璿卻只是淡淡地笑了笑。

「那些案卷在那裡那麼久了都沒人去碰過，若你當時當機立斷去稟告皇上，也不見得他真會處理這事，也許等你被人害死之後他才會在意。」

溫輕鴻似是想反駁，停頓了會兒，想想還是開了口：

「殿下說的也不無可能，那些案卷在那裡許久都沒人動過，若不是我突然間向皇上自薦去整理，可能那些案子就永不見天日，我也想過……或許就是皇上想要它不見天日的。」

孫少璿挑起眉來，溫輕鴻又認真地回答：

「但我知道皇上是什麼樣的個性，殿下也知道，若皇上真知道長達四百年來都有東西不斷在引發案件的話，皇上早就會處理了。」

孫少璿也沒回答，他當然知道他皇兄是什麼樣的人。

他還小的時候，父皇曾經抱著他說：「想做個明君，就要心狠手辣，像你這樣天真是不行的，等你長大，就要像你皇兄一樣。」

他當時不懂皇兄哪裡心狠手辣，在他眼裡沒有比他皇兄更溫柔開朗的人了，一直到他成年他仍然沒有改變過想法。

長大之後看著皇兄處理朝政，他們常常在夜裡討論國事，他也理解了父皇的話，但他仍不覺得皇兄心狠手辣，他覺得那是堅守立場當機立斷，皇兄該嚴厲的時候嚴厲、該溫和的時候溫和，絕對稱得上是個明君的表率。

直到凝香死了……他才懂什麼叫心狠手辣，也懂了自己的天真。

「殿下……？」溫輕鴻輕喚了他一聲。

孫少璿回過神來，笑著說：「你說得是，如果皇兄知道，他會處理的。」

「之後呢？發生什麼事了？」孫子衡為他倒了杯茶，讓他接著說下去。

「謝謝將軍。」溫輕鴻接過那杯茶暖著手，帶著苦笑。「就在我回家的那天夜裡，翰林院遭竊，我被監察院打入天牢，再之後……就來到這裡了。」

雖然是輕描淡寫的一句帶過，但孫少璿知道他那段時間一定非常不好過。

「你說皇上沒革除你的功名？還把你送到這兒來？」

「是。」溫輕鴻笑著，看起來神色也有些緊張。「說來話長，但天快亮了，我們不能在這裡待太久，會引人注目。如果殿下不想被發現的話，我跟霍青得在天亮之前離開這裡。」

孫少璿這也才發現天色快亮了。

「你們先走吧，明天我們去縣衙找你。」

「是。」溫輕鴻低著頭站起來，這時候段語月突然間開口喚了他一聲。

「溫先生。」

「是？」溫輕鴻轉過頭去，段語月神色認真地望著他。

「溫先生說，在那些長達四百年的案卷裡，都出現了同一樣東西引起這些案件發生？」

「是的，也就是因為那東西出現在每一份案卷裡，我才會注意到。」溫輕鴻回答。

「我可以請問先生，那是什麼東西嗎？」段語月微皺著眉開口。

溫輕鴻猶豫了一會兒，望向孫少璿，見他點頭之後才開口：

「其實……說來還蠻奇怪的，那是一支石頭做的釵。」

段語月聽到此就閉上了眼睛，輕吁了口氣，終究還是躲不過這個魔物找上門來。

「那叫做石中玉。」

等溫輕鴻跟霍青離開之後，孫少璿才開口詢問。

「小月，石中玉不就是上回填湖的時候，陸先生帶走的那個？」

段語月只點點頭，顯得愁眉不展，孫少璿也覺得這事不太妙，如果長達四百年來，這個詛咒都一直在發生作用的話，那死傷該有多少？

孫少璿正想再問的時候，段不離突然站了起來。

「晚了，該休息了。」

段語月知道段不離肯定不會高興這個發展，他想管這事，就只能先說服段不離。

段語月乖乖站起來朝孫少璿笑笑。

「大哥，明天再說吧，先歇會兒。」

「也是，你快休息吧，明早再說。」孫少璿也笑著轉向孫子衡：「你也去睡吧，晚了。」

孫子衡看看天色，想是也該休息會兒，就帶著蘇鐵回房去睡了，段語月和段不離回到他們房間去。

段語月看著段不離幫他鋪床，這麼多年來就算是在外頭，他跟段不離也都一塊兒睡，段不離通常打個地鋪或是在椅上打坐混過一晚就算了，反正他們也鮮少離開家。

段語月解了外衣爬上床去，想想就往裡頭挪了點。

「上來睡吧，那椅子太小，地上又冷。」

段不離挑起眉來，倒也沒說什麼，脫下外衣就躺上床去。

「想說就說吧。」

段語月笑了起來，側頭望著他，輕聲開口：

「你知道我要說什麼，我也知道你會說什麼。」

段語月笑著伸手去拉他的頭髮。

「但我們都不會放棄自己覺得正確的，所以說不說不都一樣？」

段不離嘆了口氣，翻身看著他，段語月一雙含笑的眼清澈明亮，好似萬顆星辰同時對著他閃爍著。

段不離伸手把他攬進懷裡抱著，每年總有些時候他看著床上睡著的段語月，很怕他就這麼斷了氣，只要他的呼吸太淺、身子太冷，他總爬上床去抱著他。

但有時候他又覺得如果是這樣，也許對段語月來說是種解脫。

「我不阻止你，但不是現在，等師父回來跟他商量之後，我們再來打算好嗎？」

「嗯。」段語月輕輕的浮出一個笑容，把臉靠在他胸口。

段不離忍不住靠近了點，段語月無意識地輕蹭了一會兒，只覺得段不離剛長出來的細鬚有些刺人，笑著又閃了一下。在段不離想更靠近的時候，段語月卻已經睡熟了。

段不離只是嘆了口氣，替他拉好被子。

有時候他也不知道他們這樣算什麼，說是兄弟，他們早超過了兄弟間的情感，但說是情人，他又覺得段語月還不懂得這些。段不離嘆了口氣，做好了一夜無眠的覺悟。

等到隔天一早，段語月起來就吵著要去衙門看殭屍的布告，於是一群人吃過早點之

後就往縣衙而去。

縣衙前方不遠就是市集，熱鬧滾滾的讓他們多留了點時間，大街口前一群人圍著在議論些什麼，蘇鐵伸長脖子說：

「那應該就是衙門張貼的告示吧。」

段語月拉著蘇鐵跑過去在人群最後邊探頭看，告示確實清清楚楚寫著官道上有行屍出沒，一更過後禁止出城。

「這可真是奇了。」

孫子衡笑著說，旁邊有個中年人望著孫子衡。

「這位公子你可別不信啊，我朋友就真的在官道上撞見殭屍，要不是被高人所救，差點就沒命回來。你不信就去問他，他就住在小萊鎮上，城外一里就到了，你進鎮裡問養豬的張福全，沒有人不知道的。」

「那可真的要問問了。」孫子衡還真的挺好奇，他在戰場上看過屍體無數，但從來沒見過屍變的。

「怎麼衙門這麼安靜啊？」蘇鐵看著街上行人來去匆匆的，卻沒有人走進衙門，裡頭也十分安靜。一般縣衙通常清早就會升堂，很少見這麼安靜的衙門。

「小弟弟是外地來的吧？知府大人早上是不升堂的，清早去擊鼓會被責打的。」一個年輕人撇撇嘴角說。

「哪有這樣的。」蘇鐵鼓起臉來，忿忿不平地望向段語月：「月哥哥！哪有……」

段語月連忙掩住他的嘴，笑著說：「好了，大街上，別亂說話了。」

蘇鐵扁起嘴來望向孫子衡，但孫子衡還在對那個殭屍告示嘖嘖稱奇，轉頭正想問問孫少璿想不想去看看的時候，就見霍青走向他們。

「霍大人。」

孫子衡客氣招呼，只見霍青臉色有些尷尬，八成是覺得不敢讓他這麼叫，可又在大街上，最後只笑著開口：

「七爺別客氣，我叫霍青，直接叫我名字就可以了。」

孫子衡倒也沒鬧著他玩：「霍兄，溫先生可有空？」

「當然，這邊請。」霍青把他們一夥人都請進衙門去。

「知府大人還沒到嗎？」孫少璿看看縣衙內堂十分安靜。

「他通常過晌午才到。」霍青老實回答，想想又覺得不對，趕緊補了句：「溫先生一會兒會解釋的。」

「別緊張，我不是來視察的。」孫少璿笑著說。

霍青也只能乾笑著。他這輩子見過最大的官就是知府大人，說實在的，天高皇帝遠的，從這裡到京城少說也要好大一段路程，他從來沒想過會見到京城來的官，或是皇城裡的人。

霍青有點恍神，更不用說正跟他說話的是東宮太子，是將來的皇帝，而旁邊那位是威名遠播的鎮國大將軍，他不太確定自己該怎麼說話才不會出錯，又或者會不會給溫輕鴻帶來麻煩。

霍青最後無意識地吞嚥了下，只簡單應了句：「是。」

他娘常跟他說，多做事少說話，多做多對，少說少錯，霍青還在胡思亂想的時候，內堂走出一個人，見到他們走來馬上放大了嗓門怒斥。

「霍青，你把犯人帶到內堂幹什麼？造反啊！」

「……頭兒，他們是來釐清昨晚案件疑點的。」霍青心底一跳一跳的，只怕這個蠢蛋惹禍上身，連忙開口解釋：「他們已經沒有嫌疑，只是來說明一下狀況而已。」

柳惟明顯然沒領會他的好心，手臂環胸怒視著他。

「誰說他們沒有嫌疑的？」

「我說的。」

柳惟明一回頭，溫輕鴻正好從內堂走出，一張臉似笑非笑地望著他。

「柳捕頭有意見？」

「沒有，沒有意見。」柳惟明看似十分怕他，連忙開口：「溫先生說是就是，不敢有意見。」

柳惟明說完，乾笑著轉身逃走，速度之快連蘇鐵回頭都來不及。

比起昨日，溫輕鴻看來情緒已經相當穩定，只輕輕一揖。

「二爺，七爺，輕鴻接待來遲，怠慢之處敬請見諒。」

「沒事的。」孫少璿笑著揮揮手，讓溫輕鴻帶著他們走進內堂的書房裡，看來是知府大人辦公的地方。

「這是知府大人的辦公處，但平時都是我在使用。」溫輕鴻笑著請他們坐下，又親

手泡了茶給他們。「大人都要過晌午才到，他說這是做個昏官的必要條件。」

溫輕鴻自己在最下位坐下，又接著說明：

「但他上午都在家裡處理公文，絕沒有怠慢公務。」

「知府大人有什麼非得當個昏官的理由嗎？」段語月有些不解地問。

「這……」溫輕鴻朝霍青望了一眼，霍青正站在門邊，往外看了看，仔細地關上門。

「知府大人顧仲懷的夫人，娘家姓柳，東萊城裡專做河運的寶來商行就是柳家開的，顧夫人是柳家大女兒，而她母親柳夫人娘家姓司馬，來自京城。」

溫輕鴻輕描淡寫地說著。

眾人馬上理解為什麼他得要是個昏官，若他不是個昏官，恐怕知府之位早就不保。

當朝太師司馬桂是三朝元老，在朝中勢力龐大，皇上還算年輕，雖以仁治國但必要之時手腕狠厲，在朝中跟司馬桂明爭暗鬥已經是常事。

司馬桂是三皇子的親外公，想讓自己外孫當皇帝，私底下已經是眾所皆知，但他處事小心謹慎，皇上尚未抓住司馬家的把柄，否則早將他拉下台。

溫輕鴻嘆了口氣。

「柳家在東萊城勢力龐大，所以我們得要處處小心才能自保。」

「不過既然顧大人能在家裡處理公文，肯定他夫人是向著他的吧？」孫少瓘挑起眉詢問著。

「是，坦白說顧夫人是養女，雖對外說是長女，但實際上在娘家裡跟管家差不多，只差沒被當下女了。」

溫輕鴻苦笑著說。

「顧夫人在娘家十分聽話又能幹，過了二十五還不讓嫁人。五年前顧大人單身上任，年過四十尚未娶親，柳家覺得趁早拉攏他比想辦法弄走他來得方便，於是便把夫人嫁過來了。」

溫輕鴻想起顧夫人，好笑地說：

「柳家一直認為夫人認命聽話又感恩，但實際上夫人有自己的想法，和大人明爭暗鬥了半年之後，終於確認大人只是裝成昏官的清官，而大人也發覺夫人並不是真心幫著娘家的，兩人就合起來想辦法表面順著柳家，但實際上保護百姓。」

「那這還真成了一段佳話。」孫少璿笑著說。

「倒真是。」

溫輕鴻也笑了起來，看來神情姿態都比昨晚輕鬆許多。

「夫人在娘家唯一擔心的就是柳惟明，那柳惟明是柳家最小的孩子，幾乎是夫人一手帶大的，所以感情深厚。柳家親生的有三個兒子一個女兒，柳惟明是最小的，其實本性不壞，對夫人也很好，就是個性浮誇任性，寵壞了的孩子，要是衝撞了二爺，還請二爺見諒。」

孫少璿搖搖頭表示不介意，正想開口的時候，外邊傳來吵鬧聲，溫輕鴻馬上站了起來。霍青朝他望了一眼，轉身開門出去詢問，不一會兒就跑回來，皺著眉開口：

「殭屍跑進城了。」

「什麼？」溫輕鴻吃了一驚，連忙回頭望向孫少璿：「二爺，請在此暫待，我去……」

孫少璿笑著站起來就朝外走。

「暫待什麼，我去看看，我還沒見過殭屍呢。」

「二爺！」溫輕鴻只得急忙跟上。

段語月跟在後面，好奇地拉了拉溫輕鴻的衣袖。

「溫先生，那殭屍傷過人嗎？」

「這麼說來……倒是沒有。」溫輕鴻停頓了會兒回答。

段語月若有所思地想著，一行人已經迅速出了府衙朝大街上走。

正是快到正午的時刻，街上人潮甚多，街上的人尖叫奔逃亂成一團，霍青跑到街上大喝著。

「四周商家敞開大門！」

霍青這麼一叫，所有本來想關上門避難的店家只得把門打開讓奔逃的民眾入內。

「所有人安靜！若損壞任何器物必屬重刑！」

霍青又大喝了一聲，一聽到損毀物品要判上重刑，奔逃的民眾都閉著氣小心翼翼的閃進附近的店家，也有些滿是貨物的商人捨不得手上的貨不敢跑，只躲在官差的後邊。

看著霍青臨危不亂的處事態度，孫少璿滿意的點點頭，心想讓這青年當個捕快實在太大才小用了。

街上人一少，他們就發現了那個殭屍，段語月愣了一下。

「還真是殭屍，幾年沒見到了。」

孫少璿本還抱著看熱鬧的心情，一聽段語月這麼說，連忙把蘇鐵推進縣衙裡讓他躲好，邊轉頭問：「危險嗎？」

「七爺。」

段語月搖搖頭，目光在慌亂的人群裡巡了一圈，轉頭朝孫子衡語氣平常地開口：

「是？」孫子衡正盯著那個殭屍，聽見段語月叫連忙回頭。

段語月伸手朝人群中指去：「藍衣裳黃領巾的那個人，七爺看見嗎？」

孫子衡朝他指的方向看去，果真看見一個藍衣黃領巾的年輕人正在慌亂地逃跑。

「嗯，看見了。」

「幫我按住他，別讓他再跑了。」段語月笑笑說。孫子衡不知道段語月想做什麼，但遇到這種鬼東西的時候，聽他的總沒錯。

孫子衡輕輕點頭，瞬間已經竄進人群裡，幾個閃身閃過瘋狂踩踏的人潮，按住那人的肩頭，拉住他的手臂朝身後一轉，將他制住。

「別再跑了。」

那人看起來十分害怕地狂叫了起來：「有殭屍啊！殺人啊！快放開我！」

霍青看見孫子衡的舉動，雖然不明白，但還是叫了兩個官差去幫孫子衡壓著那人。

而段語月看起來還挺悠閒，左右觀望了下，走到右邊拉著一車米的商人前。

「大叔，有糯米嗎？」

「啊？這、這種時候……還買米啊？」賣米商人看著段語月像是在看瘋子。

「給我一點糯米，溫先生會付帳的。」段語月笑咪咪地望向溫輕鴻。

溫輕鴻愣了一下。他一直覺得這個俊雅的年輕人有點特別，昨夜回家途中聽霍青說這年輕人是喜樂莊段修平的兒子，他見過段修平兩次，是個學識涵養都很好的人，只是個性有些奇怪……但聽說他這個兒子處理這些事有過之而無不及。

「快把米給段先生。」溫輕鴻連忙開口。

賣米商人愣了一下，還是從他的車裡拖了一包米出來打開袋口。

「先生要多少？」

段語月伸手撈了一把起來用手磨搓了下，又鬆手撒了回去，溫和地笑著說：「大

叔，要純糯米。」

「這當然是純糯米啊！你不要亂說！」賣米商人漲紅臉地罵。

溫輕鴻瞇起眼睛瞪著他：「洪大叔，你又不老實做生意了？」

「沒、沒的事……應該是我拿錯袋了。」

賣米商人有些心虛的抓出另一袋米，又擔心的注意前頭殭屍有沒有靠近，看著官兵團團圍著才放心打開另一袋米，小心翼翼地說：

「這是我最好的糯米了。」

段語月伸手摸了一把，才滿意地就這麼抓著一把米在手上，轉身朝大街上走去。

街上人散得差不多了，都躲在兩旁的店家從窗裡偷看，被孫子衡壓住的那個人現在被兩個官差抓著還在慘叫。

這時候街上的人也比較冷靜了，基本上那殭屍只是往前走而已，沒有傷人也沒有吃人，但他的模樣實在有些嚇人，一雙眼睛沒有眼珠，血紅得像隨時會滴出血來，一身粗布衣裳像是做農活的，衣服還算整齊，但露出袖口的那雙手，指甲長有一寸多，鋒利得像是刀刃一般，最令人恐懼的是他側腦上的大洞，似乎他每走一步，裡頭乾枯的腦子就會跟著被震下來。

他的步伐也不快，只是慢慢的一步拖著一步走，僵直的腿沒辦法彎曲，但也不像人家說的會一跳一跳的走，他只是慢慢拖著步子，一點一點移動。

這時候大家也發現了基本上這個殭屍是跟著那個藍衣黃領的人走的，那人被官差架住了，官差也擔心殭屍靠近，每退一步那個殭屍就跟著前進一步，不管轉向哪個方向，殭屍都會跟著轉向。

那兩個官差也有點惶恐地望向霍青，而霍青望向溫輕鴻。

溫輕鴻則看著段語月朝那個殭屍悠閒走去，有些擔心地低聲對孫少璿開口：「二爺，不要緊嗎？」

「別擔心。」孫少璿笑著，看著段語月向前走去，段不離跟在他身後。

官差們看段語月就這麼走去也愣了一下，正想阻止的時候，溫輕鴻抬手示意他們都別動。

段語月手上還抓著把糯米，走到那殭屍面前，垂下手把米撒在他跟前劃出一條線。

那殭屍只是直直的朝前走，絲毫不在意段語月，但等他一腳踩上糯米的時候，發出

滋滋的聲響，細細的黑煙從他的腳底冒出，於是他停下了腳步，還退了一點，像是在猶豫該往哪裡走。

段語月也沒停止手上的動作，慢慢的把手上的糯米繞著那個殭屍撒了一圈，把他困在糯米圈裡。

段語月回頭望著溫輕鴻，客氣地開口：「溫先生，可以給我找點朱砂嗎？」

溫輕鴻馬上轉頭，示意官差去向隔他們幾間店距離的筆墨店裡要點朱砂。

段語月在等朱砂的時候，又繞著那個殭屍看了一圈，在他背後停了一陣子，看著殭屍背後幾個刀戳出來的洞，又轉身走向那個被官差押住的藍衣人，客氣地開口：

「讓我看看你的手。」

藍衣人馬上下意識想把手背到身後，官差毫不客氣的把他的手拉出來給段語月看，那個人的右手虎口有道傷痕，已經發黑了。

段語月看了看那人，轉身走回殭屍身前，朝霍青招招手。霍青跑到他身邊來，聽段語月低聲說了幾句話，挑起眉來望向那個藍衣人，點點頭又抬頭望向殭屍。

「那這個怎麼辦？」

「沾了人氣才屍變的，不要緊的，他不會傷害旁人。」段語月說著，旁邊的官差帶著朱砂回來了。

段語月接過一小碟朱砂，抹在食指和中指上，抬手在殭屍額頭上抹出一道紅。一抹上朱砂，殭屍的眼睛就閉了起來，段語月再用拇指按著朱砂印在殭屍兩邊眼皮上。

段語月低下頭，在抓起殭屍手的時候愣了一下。段不離靠近了一步，看見那殭屍的手腕上有個墨印，那個印是他們倆都很熟悉的。

「小月？怎麼了嗎？」孫少璿注意到他的神情，朝他走過來。溫輕鴻擔心孫少璿太靠近那個殭屍，連忙跟在旁邊。

「這是陸先生的印。」段語月皺起眉，把拇指上的朱砂抹在殭屍的兩隻手腕上。

「你是說這是陸先生趕的屍？」孫少璿有些訝異地問：「他不是帶著……」

孫少璿話講一半就閉了嘴，溫輕鴻只不過查了石中玉的案卷就差點被害得家破人亡，如果石中玉的牽連真這麼大的話，當初帶走石中玉的陸不歸又發生了什麼事？

孫少璿覺得不妙，他還沒聽過趕屍人把自己趕的屍扔在路上。

段語月也在想同樣的事，他只是接過旁邊官差遞給他的手巾擦了擦手上的朱砂，朝霍青溫和地開口：

「沒事了，可以送去給吳三爺，這人應該是路上橫死的，只不知他一路從哪裡走來，霍大人可能要費點心了。」

「叫我霍青就可以了，這是我應該做的。」霍青命人把殭屍抬走，旁邊的官差走上來卻還是有點害怕。霍青自己伸手推了一把，那個殭屍就直挺挺倒了下來，旁邊的官差見他真的不動了，才放心把他搬進去，而那個藍衣人也被其他官差給押走了。

「那人是怎麼搞的？」孫子衡好奇問道。

「那本來不是殭屍，只是走屍而已，但那人攻擊走屍的時候傷了自己，血沾到走屍身上才成了殭屍，跟著血氣行走，這才一路走進城裡。」

段語月嘆了口氣地說。

「那走屍身後有幾個乾淨的刀孔，應是死後才戳的，我想不會有人笨到從背後攻擊一個殭屍。」

孫子衡愣了一下，懂了段語月的意思。那人顯然沒發覺路上走著的是個死人，從身後撲上去就戳個幾刀應是想置對方於死地。他恍然大悟地說：

「霍青說最近時有殺人搶劫之事發生，該不會正是凶嫌吧？」

「我只是猜測而已，但他手上的傷口肯定是碰了屍體才發黑的，那是中了屍毒。」

段語月解釋著，目光朝著因為殭屍被帶走而恢復熱鬧的大街上。

「溫先生，請問小萊村該往哪裡走？」段語月回過神來，轉頭對溫輕鴻開口。

「小萊村往城門出去一里就到了，段先生要去小萊村？」溫輕鴻有些疑惑地問。

「你是要去找那個被高人救了的張福全吧？」孫少璿問著，段語月點頭。

「不是什麼人都懂得怎麼應付殭屍，更何況是分辨走屍跟殭屍的差別，我認為張福全是碰見陸先生了。」

段語月有些憂慮。

「我擔心他是遇到什麼危險。」

「哪有什麼危險難得了他的，八成是為了脫身把走屍都給放了。」段不離安撫似地按了按他的肩。「他沒事的。」

段語月也只點點頭。溫輕鴻找來個官差，吩咐了幾句，才轉頭朝段語月開口：

「我讓霍青帶你們去吧，省得你們不識得路走岔了。」

「謝謝溫先生。」

段語月擔心陸不歸，但又想多問些關於石中玉還有那些案卷裡記載的案件，可是這事若牽扯到皇城裡，就不是他該問的。

孫少璿也想找機會問清楚那些事，但如果柳家在東萊城勢力龐大的話，現下就不是個好時機。

孫少璿把溫輕鴻叫到身邊來，低聲開口：

「這兒不好說話，過三日你到三喜鎮來找我，把案卷帶來給我。」

「是，那二爺的行蹤，知府大人那裡……？」溫輕鴻沒有半點遲疑，只低著頭輕聲詢問。

「別提，之後若有必要再看狀況吧。」孫少璿笑著吩咐。

「是。」溫輕鴻應著：「二爺路上小心，輕鴻三日後必會到三喜鎮拜訪。」

孫少璿輕輕點頭，待霍青帶人駕來馬車之後，一行人向溫輕鴻道別，迅速往小萊鎮而去。

第三回　太祖傳說

也許是想減少孫少璿在路上露面的機會，霍青找了輛有頂篷的拖板馬車來，車廂寬大，五個大人加上一個孩子坐進去都還算寬敞，用了四匹馬拉著車，車伕是個聾啞的年輕人，安靜的坐在前頭拉車。

幾個人在車裡閒聊，不知道是否因為孫少璿跟孫子衡在的關係，霍青顯得很沉默，或者是天生就寡言，除非有人問他話，否則不開口說話，只安靜的坐在車尾，有些警戒地不時朝車外望去。

孫少璿想可能是溫輕鴻有交待他小心別讓人跟蹤了。

「霍捕快。」孫少璿溫和地開口：「如果有人跟著我們，子衡跟不離會發覺的，不用太過緊張。」

「是，二爺。」霍青愣了一下，應了聲後把頭轉回來，卻也只是望著地板。

孫少璿溫和地笑著開口：「這幾年，輕鴻過得如何？」

霍青倒沒想到孫少璿會真的關心起溫輕鴻的生活，猶豫了會兒才開口：

喜樂莊

案卷二 石中玉

蒔舞
插畫／阿亞亞

台灣角川

Kadokawa Fantastic Novels DX
台灣角川華文新視野

「剛來的時候……有些冷漠，對誰都有些警戒，誰也不相信，但辦案十分認真，對衙門裡的事十分嚴格，對自己更是嚴厲。」

霍青想起溫輕鴻剛來的時候，語氣有些無奈。

「明明是個手無縛雞之力的書生，硬是要跟著去辦案去查訪。原以為他看了屍體會嚇著，哪知道他檢查得比吳三爺還仔細；想說他走不動了會拖慢調查速度，但他就算腳磨破了也不吭一聲。久了之後，兄弟們都懂了他不是個被下放的草包，而是真正有本事的人。起初大夥兒都聽著流言，隨意打聽他的來歷，私底下拿他的事當消遣，他也毫不在意。」

霍青忍不住地笑了笑。

「直到有天有個兄弟犯了事，不小心打傷了市舶使的么子，市舶使派人來討個說法，他二話不說就扛了下來，自己隻身進了市舶司去解釋。兄弟們都以為他肯定不死也剩半條命，但他卻安然無恙地回來了，只唸了那兄弟幾句，扣了他兩個月俸祿就沒事了。之後所有兄弟們才開始把他當成自己人，他也漸漸的開始會笑，會跟兄弟們聊幾句，會問候兄弟們的家人，關心一些身邊的事，也慢慢懂得去相信人了。」

「也委屈他了。」孫少璿有些欣慰地點點頭。

霍青也只低著頭沒有回話，段語月笑著說：

「這也是機運，沒有多少人有如此大起大落之勢，溫先生能在谷底重新爬起，可見得將來必有所成。」

孫少璿笑著：「這當然，等將來我回京了，他要站在我左手邊的。」

霍青一聽眼眶都紅了，那意思是將來溫輕鴻便是丞相之位，這幾年的苦難也算是值了，他一轉身就想跪下。

「霍青替輕鴻謝過殿下。」

馬上被孫子衡給攔住了，笑道：「在車裡呢，別跪了。」

霍青有些不好意思，揉了揉眼睛，繼續安靜的坐著。

孫少璿也許是想轉個話題，轉頭望向段語月。

「小月，不如給我們說說這石中玉的由來吧。」

上回孫少璿問的時候，段語月並沒有解釋得很詳細，但現在事情似乎已經不是可以簡單解決的狀況了。

段語月輕嘆了口氣，說起石中玉的故事。

傳說，太祖皇帝公孫傲出生在一個戰亂的年代。

當時金陵王朝已經走到尾聲，末代皇帝年僅三歲，國母耶律琴出身吐番，讓小皇帝拜她弟弟耶律真做宰相，當時吐番人大舉侵入漢土燒殺擄掠，如入無人之境。

吐番國主宣布遷都進京，大軍從關外直逼皇城而來，耶律琴下令開關迎接。

各地番王忍無可忍聯合舉兵抗爭，拚死不讓番人進京，但番人當時銳不可擋，這一仗打了好幾年，番人不得進京，但京裡卻仍是番人的天下。

公孫傲生在西北邊境，父親死在番人之手，他母親生於關外大草原上，沒有像別的寡婦一般帶著孩子四處躲藏，而是教他見了番人就打，沒打死不要回家。

公孫傲天生力大無窮勇猛善戰，說他沒讀過幾年書是好聽，事實上他認得幾個字就很了不起了。

他十五歲的時候已經帶了一群少年兵四處殺番人。聽聞西北有支強勁的軍兵戰無不勝，遠道而來加入的人越來越多，二十二歲時他手下的兵已達萬人。

西北番王宋明遠和他祕密連繫上，將手上二萬兵權交給他，讓他帶領著大軍朝京裡前進。

手上已握有三萬兵的公孫傲氣勢強勁，屢戰屢勝，大軍一路直逼進京。在他二十五歲的時候突破宮牆奪回皇城，將耶律明在大街上五馬分屍，耶律琴吊在城牆外示眾三天任民眾唾罵投石活活打死，再將這對姊弟的屍首送回吐番，公孫王朝就此建立，至今三百年。

孫少璿為段語月倒了杯茶，一行人坐在茶館包廂裡，聽段語月緩緩說起關於石中玉的故事。

傳說就發生在公孫傲二十二歲的時候，他帶著一隊親信追擊吐番一支馬隊，但遭到番人奇襲，受了重傷躲進樹林裡藏身，被一個姑娘給救了。

那個姑娘精通藥理，細心照顧重傷的公孫傲。他在痊癒的同時發現自己傷口癒合的速度非常快，也不那麼疼痛，但問了那姑娘用的是什麼藥，姑娘告訴他是一般草藥。

後來他發覺那姑娘在給他上藥之前，藥草都泡過一潭泉水，每天她都跪在泉水前祈禱一個時辰，每日不間斷。

剛開始他以為她不讓他靠近泉水是因為怕危險，後來才發覺她對那潭泉水相當的崇敬，如同神祇一般的膜拜。

他趁她出去採草藥的時候仔細觀察過，那泉水裡頭泡著一塊晶亮的大石頭，他原以為是什麼寶石，但仔細一看就真的是顆石頭，伸手去摸摸，只覺得冰涼滑手，但就是塊石頭。

後來他問起那姑娘石頭的事，她只說那是族裡的聖物，不能碰。

公孫傲也沒說他碰過，只對那個神奇的石頭產生了興趣，纏著她講石頭的事情。

公孫傲正是意氣風發的英俊青年，那姑娘很快就對他情有獨鍾，於是把族裡的事情和泉水的由來都一五一十的說給他聽。

公孫傲這才知道這名女子是關外神祕的一支外族，名喚巫族，而女子正是他們巫族新一任的巫女。

巫族人擅長卜卦、預知、行醫、作法，有許多外族王室都曾迎過新生的女嬰回去擔任巫女，祈求國運昌隆。

而巫女讓他藏身的地方正是他們的聖地，他們都依靠泡著那塊石頭的泉水卜卦和行

醫。

這顆石頭據說是由天上而來，直砸進一潭泉水裡，之後泉水就起了變化，他們族人能在水裡看見未來，喝了泉水能治百病，但那塊石頭離了泉水之後，那泉水就成了一般的水源。

更傳說得到這塊石頭就能得到天下，因此有很多人追殺巫族只為了搶奪聖石。他們帶著石頭舉族遷移，找到了新的泉水，也變得行蹤隱祕，為了保護這塊石頭，巫族人除了族長和巫女，其他人都不知道聖地在何處。

巫女每日汲了泉水送下山給巫族人使用，因此也沒有人發現公孫傲藏在山裡。

等公孫傲傷癒，要離開前對巫女坦言身分，巫女為他卜了一卦之後要他過三日再走。那三日她整日憂心忡忡，直到三日後公孫傲說他非走不可之時，她踏入泉水踩上水裡的聖石，抬手在流泉上方拿出了一個小小的長木盒。

她將木盒打開，裡面是一塊約六寸長、半寸粗的細長圓石。她告訴公孫傲這才是真正的聖石，他有天子之命，但此去凶險，若是得了聖石就能順利得到天下。

公孫傲收了那塊石頭，答應她等找到失散的弟兄就回來接她，若他能得天下，定立她為后。

說到此，段語月緩了口氣，接過霍青給他的茶水喝了口，孫少璿聽起來倒覺得挺有趣。

「聽起來像是個愛情故事。」

段語月僅笑笑搖頭，接著說了下去。

公孫傲走後，巫女每日擔憂，怕的是她將聖石給了情人，泉水已不再有效用，遲早會被發現。她越想越害怕，於是悄悄在泉水裡下了劇毒，裝作若無其事的模樣交待族長說她早起卜卦，卜相顯示族人有大難，得每人都喝一碗泉水才得以無事。族長不疑有他，讓全村大大小小都喝了泉水，不出一個時辰，全村皆被毒死。

她在聖地裡等了快兩個時辰，忍不住下來察看。

村裡有一名青年喝得較少，也許是身強體壯，吐血不止但沒有馬上身亡，看見巫女的模樣知道是她下了毒，撐著想刺殺她。巫女嚇壞了，連夜逃離了家鄉。

她四處躲避著可能會有的追殺，朝著公孫傲大軍行走的路線追去，沿路行醫賺點盤纏繼續趕路，花了幾年的時間，在大軍終於攻陷皇城的時候，她也終於走到京城。

但等著她的是公孫傲稱帝，迎娶西北番王宋明遠的女兒宋慧慈為后的消息。

震驚之後是萬念俱灰，她忍了兩個月，等到了公孫傲的迎娶隊伍遊街，她衝到公孫傲馬前，吐出毒咒自絕於世。

她的屍體從馬前被拖走的時候，公孫傲甚至沒有認出她。

直到大婚過後，他突然想起這事，不知為何就想拿出聖石來看。

這一看就大驚，那塊石頭如同血染般成了紅褐色。

他努力回憶著那名削瘦滄桑的女子容貌，卻只記得一雙怨毒至極的眼眸，便喚人將屍體抬回來給他看看。

記憶中的巫女雖不是天仙容貌，但一身肌膚欺霜賽雪，一對眼睛清澈明亮，神情模樣都十分可人，怎麼看也不像這具死也不願合眼的枯槁屍首。

他讓人掀開草席，瞧見她胸口的痣，這才確認這具屍首真是他曾應允為后的巫女。

公孫傲當時離開後，確實曾帶兵回頭找她，但走岔了路意外走進巫族領地，一進去才發現全族皆滅，他努力找到山路回去聖地尋找巫女，但聖地已經無人。

他等了三天，手下弟兄都勸他說既然全族皆滅，那女子必然不會獨活，於是他下令埋葬那些屍首，大軍便朝京城而去了。不知道是有了聖石在手，還是時來運轉，這一路果然過關斬將所向披靡，收了皇城河山，建立了公孫王朝。

公孫傲知道了巫女原來沒死，又想起她馬前的詛咒，心裡十分擔憂，原想扔掉聖石。但皇后知道這件事之後，找了高人指點，要他別丟掉聖石，祕密將巫女收拾好，用長在靈山古剎內的千年花梨木打造棺木，外包刻滿經文的鐵皮，用意是要鎮住巫女的魂魄，再將她葬在皇陵之內，並賜她皇后之身。

皇后接著要公孫傲於上朝之時將聖石賜給他最想除掉的一個臣子。

於是公孫傲照著皇后的意思做了，將聖石賜給前朝舊臣，一個李姓將軍，之後便不再提起聖石與巫女之事。

而那將軍得到聖石之後，不到一個月就病死了，接著因為意外或者怪病加上在朝中失勢，他全家三十二口竟死到只剩下一個七歲孩童。最後只聽說一個忠心的家僕帶著那個孩童和聖石不知去向。

孫少璿好奇問道：「之後呢？」

「之後那塊聖石再出現已經是五十年後。」段語月淡淡說道：「東北玉和城內有個

大戶人家，一夜之間被滅門，捕快在收屍的時候，在他們家裡發現了聖石。」

「全死了？」孫少瑲挑起眉。

「是。」段語月點點頭：「之後只要接手那塊聖石的人，滿門無一倖免，據說是因為巫女的毒咒，但就是有人不信邪，覺得聖石能得權勢財富，但其實那塊石頭已無助於得到天下，反而會滅他滿門，可還是有人不停止找那塊石頭。」

孫少瑲只無奈說道：「權勢和金錢，永遠是人最想要的東西。」

段語月也輕嘆了口氣：「只可惜那些無辜枉死的冤魂。」

孫少瑲停頓了會兒：「小月，你不會認為這是真的吧？」

「聖石是真是假我不知道，但確實拿過那塊石頭的人，大多都死了。」段語月笑笑地回答。

孫少瑲低頭沉吟了會兒才輕聲開口道：

「確實，太祖皇帝，除了皇后宋氏以外，還有一個皇后。」

段語月眨眨眼睛，好奇地望向他：「真的？」

孫少瑲點點頭。

「我進皇陵參拜的時候見過，太祖皇帝的牌位旁，除了宋氏以外，有個巫皇后的牌位。我好奇問過史官，但史官說史上有巫皇后紀錄的，就只有入皇陵立牌位而已，也不知道是怎麼來的。」

「所以這事也有可能是真的？」段語月更好奇地問。

孫少璿見他一雙眼睛閃閃發亮覺得很有趣，笑道：

「難說，但太祖皇帝生性風流，除了宋皇后以外還有四名寵妃、八個貴人，在收復河山之時，也不知跟多少女子發生過關係，有一度他還下令尋找他有可能失落在外的兒子，倒真的找回來兩個郡王、一位公主呢。」

見段語月驚訝的模樣，孫少璿笑著說：

「這才是真正的皇室祕聞。」

「皇室祕聞是隨便就可以說出去的嗎？」孫子衡苦笑說。

「小月跟不離又不是別人，我看霍兄弟也不是多話的人，有什麼關係。」孫少璿笑著又替段語月添了些茶水，孫子衡也無奈地望著霍青。

只見他低著頭什麼都沒說，裝成什麼都沒聽見的模樣。

孫子衡也不想嚇著他，笑著開口：「二爺說笑的，你別在意。」

「霍青不敢。」霍青只低著頭回話。

「你看過那些案卷嗎？」孫少璿溫和地開口。

霍青遲疑了會兒，點點頭：「和輕鴻一起研究過。」

「你有什麼想法嗎？」孫少璿對著霍青，大概是怕嚇著他，語氣總特別溫和。

霍青遲疑了會兒才回答：

「查閱過所有案卷之後，我發覺所有的死者全都是權貴人家，不只有錢，還有勢，所以我猜想，可能……這不是什麼詛咒，而是陰謀。」

霍青說著低下頭。這件事他跟溫輕鴻討論過很多次，覺得牽連甚大，東萊城是司馬家的地盤，怎麼說他們不管是明著查、暗著查都是很危險的事，因此只能私底下討論，從來沒敢把這件事說出去，包括知府大人。

但現今不同了，霍青遇到的是可以對抗除了皇上以外所有人的太子殿下，不管這事牽連到誰，除非是皇上，沒有太子殿下解決不了的問題。

「陰謀啊……」孫少璿沉思了會兒，有點漫不經心似地開口：「你覺得這事跟皇上有關聯？」

霍青覺得冷汗直流，他說錯話就是砍頭的分，但他一直記著溫輕鴻說的，殿下是可以信任的。

霍青深吸了口氣，謹慎回答：

「屬下確實想過，但……輕鴻不這麼覺得，他說皇上不會做這種事，但……恕屬下說句大逆不道的話，皇上或許不會，但若是先皇就難說了。」

霍青一直低著頭，咬牙想著就算今天是死，也要替溫輕鴻把話講出來。

孫子衡皺了皺眉沒說什麼，而孫少璿並沒有沉思太久，只朝霍青笑道：

「雖提及先皇但恕你無罪，此事我會再斟酌思量的。」

「殿下聖明。」霍青鬆了口氣。

孫少璿只淡淡地說：「等輕鴻到了，我得好好研究那些案卷才行。」

孫少璿心裡想著先皇的模樣，想著先皇對他的好，卻也一直記得先皇臉色猙獰地拿著劍刺向他的模樣。

他想，如果這事真的牽扯了幾百年，還收藏在皇家案卷裡，那先皇肯定是脫不了關

係的。

孫少璿正想嘆氣的時候，抬眼望見段語月那雙明亮的眼睛盯著他，用著溫和的神情對著他笑，伸手朝他肩上指指，想嘆氣的心情馬上就化為如水的溫柔。他知道凝香在他身邊，不管如何，只要凝香在他身邊，無論是什麼他都可以應付。

他都有勇氣去應付。

在他們閒聊的時候，馬車已經踏入小萊村了，那是個比三喜鎮還小些的村落，早市剛結束，村裡卻還熱鬧著，霍青坐到前頭去，指著方向讓架車的聾啞人朝張福全家駛去。不少人看見霍青都跟他打了招呼，他天生話少，一一點頭回禮。

馬車直直走向一家養豬戶，遠遠看見一個男人頭上、手腳上都纏著布條，顯然受了不小的傷，用單手在倒飼料餵豬。

「張福全。」霍青躍下馬車，張口喚他。

張福全轉頭一看是霍青，一拐一拐地走過來，有些訝異地問道：

「霍大人，怎麼突然來了，上回的事我哪裡說的不清楚嗎？」

小萊村一向平和安寧，若是無事，霍青不會特地來到小萊村。張福全扶著欄杆開了柵門讓霍青進來。

「進來喝杯茶吧。」

霍青擺擺手。

「不用了，我是來問你，上次提到的那個救你的高人，他可有留下姓名跟去向？」

張福全愣了一下，語氣有些擔憂地開口：

「那位大哥在那之後一直住在我這兒啊，不過今天不曉得還回不回來。」

段語月聽了一急，轉頭望向段不離。

段不離躍下了馬車，孫少璿朝孫子衡使了個眼色，讓孫子衡一起下去。

段不離走向張福全，問道：

「那高人是不是個滿臉鬍子的大漢？身上老有股洗不掉的怪味？」

張福全愣了一下猛力點頭。他老覺得那高人怪怪的，也不說自己叫什麼名字，神神

祕祕的，身上老是有股怪味。他每天都叫老婆給那人燒藥草桶泡澡，那大漢邊泡邊唱歌看來舒坦得很，不過那味道怎麼也洗不掉。

張福全後來記起那味道了，那是屍味。年輕時他有回追隻跑進山裡的豬仔，結果遇見一具腐屍，嚇得他連豬都忘了，連忙衝回去報官。那時候衝進鼻端裡那種濃重的腐臭味，他過了好些年才把那味道給忘記。

當時一想起那味道是屍味，腦中就浮現那具腐屍的模樣，不禁讓他一陣作嘔。但在害怕之前又想起那大漢是救命恩人，若不是他救了自己，他老婆就要守寡，女兒也沒了爹，就又感激起他來，也不在意他身上那股味道了。

「是啊，他身上是有股味道，您認得那大哥嗎？」

張福全望向段不離，想起那大漢臨走前說的話，上上下下地看著段不離，有些遲疑地問：「您該不會是三喜鎮喜樂莊的段總管？」

段不離馬上皺起眉：「他留了什麼給我嗎？」

「呃……他是留了點東西。」張福全有些困擾地說：「他說如果他三天沒音訊，讓我送到喜樂莊去，也說您可能會找上門。但他早上才離開的，也許一會兒就回來呢。」

段不離跟孫子衡對望了一眼，那表示陸不歸知道自己有危險。

孫子衡開口問道：「你知道他去了哪裡嗎？」

張福全猶豫了會兒，望向霍青，只見霍青點點頭道：「這位爺問你就答沒關係。」

「大哥每天都上山去，清晨去、深夜回來，偶爾會帶些野兔或雉雞回來給我婆娘，說給孩子加菜，我也不知道他每天上山去做什麼。」

張福全老實地回答。

「他留了什麼東西，可以交給我嗎？」段不離有些不好的預感。

「唔……是交待要給你的，但是……」張福全遲疑了會兒才道：「我可以看看你的手……」

張福全話沒說完，段不離拉起左手衣袖，露出手肘內側一條極淡的疤。

「請段總管不要介意，大哥再三交待我要確認的。」

張福全說著，伸手從衣襟裡掏出了一張紙條。段不離接過還有點微溫，顯然張福全極小心收藏著。

段不離打開，裡頭簡單的幾個字。

「貴人有難，小心為上。」

段不離皺了皺眉頭，把紙條遞給孫子衡，又望向張福全。

「他每天上山都同一個方向嗎？」

「是的，他都從那個山腳上山，有條小路，我順路去採菇的時候跟過一次，在岔路邊分手的時候，他走的是左邊的路。」張福全指了個方向。

「謝謝。」段不離簡單道個謝，轉身回馬車上。

孫子衡在拿到紙條的時候，眉頭一皺，早就鑽回馬車上去和孫少璿商量了。蘇鐵一聽有人要對孫少璿不利，馬上緊黏著他不放，深怕有人衝進來行刺。

段不離在段語月身邊坐下。

「他不知道我們到了東萊城，如果有人要對他們兄弟倆不利，也不曉得我們在哪兒，別擔心。」

段語月卻眉頭深鎖。

「你記得那魚精走前說的話嗎？他說我們有惡意跟隨，要我們小心。」

孫子衡想起當時東萊城那具屍體，剛巧霍青跟張福全說完話上了馬車。

「二爺、七爺，接下來要往哪兒去？」

「先去找陸先生吧，我擔心他有危險。」

孫子衡語畢，孫少璿就接著開口道：

「霍青，你先回東萊城吧，待在輕鴻身邊。我擔心如果有人想對我們不利，若被人看見我曾和輕鴻交談，恐怕他有危險。」

霍青怔了怔地回答：「可是殿……二爺這裡？」

「子衡跟不離在呢，我有什麼好擔心的。」孫少璿笑著說。

「是，那我跟張福全借匹驢回去就好，這馬車就留給二爺，若是最後無用再指示駕車的人回來即可。」

「辛苦你了。」

孫少璿笑笑地拍拍他的肩，霍青連忙低下頭。

「這是分內之事。」

「霍青，要小心保護輕鴻。」孫少璿認真對著霍青開口。

「這是自然，不說輕鴻將來會是二爺得力助手，他是我兄弟，霍青寧死也會護他周

全。」霍青低著頭恭謹回答。

孫少璿滿意地點點頭，霍青才退出馬車，和駕車的聾啞人比手劃腳了一番，馬車就在霍青指使下快速前行。

孫子衡這時轉頭朝段語月開口：

「聽你剛剛這麼一說，我當時在東萊見著那屍體總覺得有些面熟，現下想起我跟易大哥在圍捕桃花林那窩土匪之前，探查的時候曾見過一面，但圍剿當天他並不在其中，我猜想他跟主使者一起提前走了。」

「所以他跟著我們上船，是想對大哥不利嗎？」段語月凝著眉心轉頭看向孫少璿。

孫子衡疑惑說道：

「理應沒有人知道二哥的身分，我倆在鎮上也沒得罪人，難道是柳霜霜發現我們那日是來探查的？」

孫少璿沉思了會兒。

「就算柳霜霜真的看出些什麼，我也並不覺得是她向那主使者供出我們。」

孫少璿想起柳霜霜說著女人最終也只想要個男人惦著自己到死的時候，臉上那份落寞的神情。
「如果石中玉之事牽扯到了宮裡，也許是主使者認出我了也不一定。」孫少璿說道：「等我看到了案卷，也許能讓案情清楚些，確認一下到底是誰在搞鬼。」
他們乘馬車急忙趕上山，段語月有些擔憂陸不歸的安危，段不離挨在他身邊坐著，輕握了握他的手，示意他別擔憂。
馬車只能走到山半腰的岔路口，段不離請駕車人等著他們，他拉著段語月的手，朝左邊小路走。
孫子衡走在最前面，沿路注意地上的足跡和草叢裡的動態。蘇鐵用力拉住孫少璿的手，緊貼在他身邊，左顧右盼地注意有沒有刺客，惹得孫少璿好笑地敲著他的頭。
「要真有刺客，你黏得那麼緊，刺客就刺不到我啦？」
蘇鐵嘟起嘴一臉不滿。
「至少我可以……」蘇鐵把替殿下去死這句話吞回去，他想起凝香，想起孫少璿過去一年悲痛的日子，改了口說道：「可以拉著二爺逃命。」
孫少璿笑了，他不是沒注意到蘇鐵的停頓，他知道這孩子想說什麼，也知道這孩子

改口是為了什麼，只伸手摸摸他的頭。

「那我們就一起逃命吧。」

「嗯！」蘇鐵用力點點頭，一臉堅決的模樣，讓回頭望著他們的段語月笑了起來。

「這裡有人待過的痕跡。」

孫子衡蹲在路邊草叢裡，用手上的劍撥開草堆給他們看，從焦黑的草地上看來，有人在這裡生過火。

段不離讓段語月站在原地，自己靠近那些焦黑的草地，低頭嗅了一下，皺著眉說：

「是陸不歸生的火。」

「你怎麼知道？」孫子衡好奇地問，這火堆殘渣看起來跟一般沒什麼不同，不曉得段不離怎麼認出來是陸不歸生的火。

「一股羊糞味。」段不離皺了皺鼻子：「也只有他會去撿羊糞生火。」

孫子衡恍然大悟，他以前也看過些老兵在沒木柴的時候這麼做，只是那火會有股怪味道。他查看了下四周的地形，然後往前走了幾步又停下來，退了一步抬手示意孫少璿別跟過來，只朝向段不離開口：

「不離，你看這裡。」

段不離走向孫子衡，還沒往前走就被孫子衡給攔住，他指指地上。段不離往地上一看，才發現這裡居然是塊斷崖。

段不離皺了皺眉，若不仔細看，恐怕就會摔落斷崖。這個斷崖像女人用的髮釵一樣形成一個狹窄的彎曲弧度，斷崖中間攀滿了樹藤，對崖同樣生滿了半人高的雜草，若是一不小心很容易掉下去。

段不離心想陸不歸在這裡紮營一定是有意義的，在孫子衡指給他看之前，他就發現了下面也有生火的痕跡。

「他在跟蹤什麼人嗎？」段不離開口，倒像是在自言自語。

孫子衡看了下高度，回道：「我下去看看，你照顧小月他們。」

段不離點點頭，孫子衡蹤身一躍就跳了下去，讓蘇鐵驚叫了起來。

段語月摸摸他的頭，笑道：「你七爺武功高強，沒事的。」

「看不出來那裡有斷崖呀。」

孫少璿好奇地說，想往前走卻被段不離瞪了一眼，只好停在原處。想想自己在東宮呼風喚雨的日子總覺好笑，但他喜歡這種有人能跟他平起平坐的感覺，有時候他會疑惑自己真能當個好皇帝嗎？

「你會是個明君的。」

孫少璿愣了一下，望著段語月的笑容，忍不住笑了下。

「好似我想什麼你都知道。」

段語月笑得很溫和：「不是我懂你，是凝香懂你。」

孫少璿怔了怔，隨後笑了，卻帶著點哀傷。他再也不能跟最懂他的人說話，再不能觸碰到她了。

「她會陪著你的，除非你要她走。」段語月淡淡說道。

孫少璿想說那他要她陪著他一輩子，但又想到這對凝香真的好嗎？一時之間無言以對。

原本他們有宋伶那姑娘可以借她附身，但送到廣生堂去之後，段曉蝶給她調養了幾天，跟他們說這姑娘也許可以醫治。孫少璿雖然覺得有些難過，但如果這姑娘還能醫治的話，他是萬不能毀了她的生活，於是就請段曉蝶盡力醫治她了。

現下讓凝香成了孤魂，一直讓她跟在身邊也只是讓她流離失所而已，這麼一想又覺得難受了起來。

「她甘願的。」段語月溫柔地說。

「我知道……我知道的。」孫少璿輕嘆了口氣，沒再說些什麼。

孫子衡這又跳回崖上，對著段不離說：

「依照下面留下來的痕跡看來，至少有五個人，我想陸先生是在監視這些人。」

「會不會就是桃花林先走一步的那些人？」段不離想了想又開口說道：「陸不歸說過石中玉已不在他手，莫非是那些人搶走了？」

「所以陸先生是想搶回石中玉？」孫子衡皺著眉說道。

「不……那玩意是害人的東西，他沒必要不會想把那東西帶在身上，肯定是他知道了那些人要對你們兄弟倆不利才跟著的。」段不離搖搖頭。

「可是他們既拿到了石中玉，要找我們兄弟倆做什麼？莫非……真像少璿說的，主使者認得我們？」

孫子衡臉上帶著點憂慮。

「要是有人認出我們了，那皇上那裡……」

「別想那麼多，就算皇兄真的知道我們在這裡也無妨了。」

孫少瑢現在倒看得很淡，只要凝香在他身邊，不管回不回宮裡都沒有差別。雖然他覺得現在的生活很快樂，但他身為太子，也有太子的職責，必要時他還是得回去的。

孫子衡聽他這麼說，也算是鬆了口氣，這表示他對過去的事已經看淡了，於是開口說道：

「下面的火堆大概熄了兩天以上，依我看他們已經離開了，他們如果走了，那陸先生應該也已經離開這裡了。」

段不離點點頭：「我們離開這裡吧，省得有什麼變故。」

一行人朝回頭路走，孫子衡把劍繫在腰間，一直把手握在刀柄上，變得警惕了起來。

在快走回岔路的時候，就聽見一個大嗓門在吼著：

「你這啞巴真奇怪，老子要上山你攔什麼？我管你什麼老爺還是少爺在山上，路你家開的嗎？不要以為你不會說話我就不會打你！」

段語月聽見那嗓門就鬆了口氣，段不離翻了翻白眼，快步走向前，開口道：

「別嚷了，有時間留紙條，不能先回去一趟？讓人省點心成嗎？」

那大嗓門正是陸不歸，看見段不離跟身後的段語月一行人，在鬆口氣的時候又馬上跳起來，但似乎像是受了傷，一拐一拐地急著走向他們，吼著說道：

「你們怎麼全在這裡！那行人朝喜樂莊去了！」

段不離疑惑地望著他。

「我們全在這裡不是才好？正好叫他們撲空。你受傷了？」

「我剛收到了信，你倆爹回喜樂莊了！」陸不歸拐著走向段不離，神色憂愁。「要是他們撲空了，指不定拿你爹當人質就麻煩了。」

段語月的臉色發白，差點站不住，段不離也變了臉色，回頭望向段語月。

兩個人神色憂慮，無聲對視著，不知道在猶豫什麼，好一陣子段語月才開口：

「你先回去，爹找不到我們也許會去找姊姊，若姊夫在便沒事，但我們不能賭這個。陸先生雖受了傷，但能照顧我，大哥也在，我沒事的。」

孫子衡馬上向前一步，朝段不離說道：「我陪你回去。」

陸不歸知道段不離在猶豫什麼，只難得語氣溫和地開口說：「我顧著小月，而且……」

陸不歸朝孫少璿望了一眼：「小月叫他大哥的，你擔什麼心。」

段不離一聽，也沒有遲疑，直接走向孫少璿，語氣相當認真地開口：

「小月相信你，叫你一聲大哥，我把他交給你，替我照顧他。」

孫少璿沒聽懂段不離的想法，以為他擔心此去危險，只認真地回答他：

「你放心，在你回來前，我會好好照顧小月。」

段不離點點頭，朝段語月望了眼，段語月朝他溫柔笑笑。

「去吧，我不會有事的。」

「段哥哥，我也會照顧月哥哥的。」蘇鐵轉向段語月，緊緊牽著他的手。

段不離這才笑了笑，伸手摸摸他的頭，毅然決然地轉向孫子衡。

「走吧。」

段不離走前朝陸不歸點點頭，和孫子衡兩個人提氣一躍而起，迅速離開了半山上。

段語月轉向孫少璿，笑笑地開口：

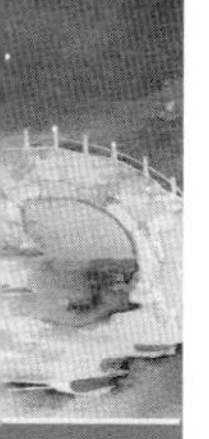

「大哥，等下不管我怎麼了，都不用擔心，等不離回來了就好。」

孫少璿這才想起他們魂魄共生的事，果然等看不見段不離的身影之後，段語月就不語不動地站在那裡，眼神沒有焦距地望向遠處。

蘇鐵覺得奇怪，搖了搖段語月的手。

「月哥哥？你怎麼了？」

孫少璿阻止他，輕扶著段語月走向馬車，輕聲開口：「小月，大哥帶你回家去。」

段語月就像個人偶般，任孫少璿和蘇鐵牽著，慢慢走向馬車。

陸不歸嘆了口氣，一拐一拐地跟在身後上了馬車，馬車快速朝喜樂莊疾駛而去。

段不離和孫子衡用最快的速度趕回東萊城，在城外找到個馬販子，買了兩匹好馬奔馳往三喜鎮而去。

在幾乎要累死馬匹之前到了三喜鎮外，他倆棄了馬，提氣衝回喜樂莊。

段不離一直帶著嚴峻的臉色，孫子衡只感覺到身邊的煞氣越來越重。提著一口氣直衝到喜樂莊，看見大門開著的時候，段不離渾身上下泛起了殺氣，直衝進家裡。

裡頭一群人正踢椅子翻桌子地叫嚷著：「老頭滾出來，藏哪裡去了？」這時，段不離一身殺氣地衝了進來，對著離他最近的一個人，一腳就踹向他心口，對方馬上倒地不醒，可見那一腳有多重。

段不離一腳挑起那人落在地上的劍，抬手接住朝第二個向他衝過來的人，迅速而俐落地抹向對方的頸子。

孫子衡此時大叫了一聲：「不離！留活口！」

段不離嘖地一聲，手上的劍一歪劃向那人手臂，差點就斬斷了下來。

孫子衡也怕了他那一身殺氣，連忙踢翻兩個人，盡可能比段不離還快地打昏那些人。

段不離雖然不抹人頸、也不一劍穿心，但不是斷胳膊就是朝對方腿上斬，以應付嘍囉來說下手重了些。但孫子衡也明白他的焦急，於是盡量動作快點，等到孫子衡搶先敲暈了最後一個，段不離扔了劍四處搜找可以藏人的地方，卻怎麼也找不著。

「爹——」段不離急得大叫。

孫子衡比他冷靜，聽見微弱的敲擊聲，連忙拉住段不離，把食指按在唇上。

段不離剛開始想甩開他的手，意識到他是讓自己聽些什麼，於是安靜了下來，也聽到了那陣微弱的敲擊聲。他愣了一下，轉頭衝去冰窖打開門，果然看見段修平在裡頭發抖。

段不離連忙把他拉出來，伸手磨搓著他的手臂，有些氣急敗壞地說：

「爹啊，你哪裡不好躲，躲在冰窖裡是想冷死嗎？」

「就……就……順手就……躲進去了……」

段修平還在發抖，段不離連忙衝進房裡給他拿了件皮氅為他披上，又倒了杯熱茶給他，段修平才緩過氣來，有些好奇地四處張望著。

「小月呢？」

「跟他信任的人在一起，陸不歸也在。」段不離有些無奈地說，而孫子衡正在把那些人全綁起來，好奇地望向段修平。

段修平這才注意到屋裡還有一個人，上上下下地看了半晌才轉向段不離，像是有些心不在焉。

「你先去接小月回來，其他的一會兒說。」

段不離猶豫了會兒，像是想離開又擔心，孫子衡走過來說道：

「我會保護段先生的，你放心去接小月吧。」

段不離也沒有遲疑太久，朝孫子衡點點頭便轉身飛奔了出去。

這時候，在疾行的馬車上，段語月正安靜坐著，不管蘇鐵跟他說什麼，他都沒有反應。蘇鐵不安地拉拉他袖子，他就會回頭朝他笑笑，但仍然沒有回應。

孫少璿摸摸有點想哭的蘇鐵，轉頭望向陸不歸。

「請問陸先生，小月跟不離魂魄共生是怎麼發生的？」

陸不歸想既然段不離肯把段語月交給孫少璿，肯定是信任他，嘆了口氣說道：

「小月他爹可說是個神算，早早就算好自己命中只有兩女，所以小月出生的時候，他就曉得能違天命投到他家，這孩子絕對不是神胎就是鬼胎。」

「什麼叫神胎、什麼叫鬼胎呀？」蘇鐵緊拉著段語月的手，好奇地問。

「神胎就是上面來的，鬼胎就是下面來的。」陸不歸好心地跟蘇鐵解釋，指指天上又指指地下。

蘇鐵似懂非懂地問：「就是指，月哥哥不是神投胎來著就是鬼投胎來的嗎？」

「差不多，你這孩子還挺聰明的。」陸不歸哈哈笑了起來。

「所有的人不都是鬼投胎來的嗎？」孫少璿也覺得好奇。

「鬼也分很多種，有很多鬼也有仙籍的，下頭陰神更是不少，總之小月的出生就注定他不會是尋常人了。」陸不歸解釋道。

「月哥哥這麼好又這麼漂亮，一定是神明投胎的！」蘇鐵一聽覺得高興了起來。

孫少璿心裡也這麼想，段語月總有種可以穩定人心的力量，不論是笑容或是言語，只要一瞬間就能讓人冷靜下來，有時候看著他的臉，就像是看著菩薩一般的神聖美麗，要說他是神明降生他絕對相信。

「但小月出生後魂魄不定，脫魂算是常事，段修平用盡各種方法就是沒辦法穩定他的魂魄，他說這是神明落難，受了傷才降世保魂的。」

陸不歸又接著說道：

「小月又生得漂亮，常常有歹人來拐，有天小蝶一個不注意，這孩子自己走出去，隔了一個時辰，就自己拖著受了重傷的不離回來了。」

「段哥哥怎麼了？」蘇鐵當聽故事，有些緊張地問。

「他一家十五口一夜之間被滅門，他受了重傷逃出來，被仇人追殺到崖邊，墜海之後漂流入河，就這麼在河口被小月撿回來了。」陸不歸用淡淡的語氣說著。

他還記得當時段語月用著小小的身子，死命架著一個高他一顆頭的男孩回來，在家裡細心照顧他。等段不離醒了，他說起自己的身世就像在說別人的事一樣，問他想不想復仇他也搖頭，用著不像孩子的語氣說這是命。

段修平給他算過，說這孩子天生煞氣太重，會剋盡身旁所有的人，但因為段語月不肯讓他走，於是就留了這孩子下來。

段不離兩天之後就發覺段語月的問題，第一次開口問段修平段語月是怎麼回事，段修平如實告知，這孩子想了想，開口道：

「放我身上吧！你說我煞氣重，如果我身上多條魂魄，也許可以壓制我的煞氣不會害到你們，也可以幫助小月。」

段修平大吃一驚，他不是沒想過，這確實是最好的方法，但他不能開口要求段不離做這事，因為多背負一抹魂魄是相當重的負擔，而段不離卻自己就這麼說出來，還解釋得如此清楚，那一刻段修平懂了這孩子就是生來保護小月的。

「後來呢？」

蘇鐵不曉得陸不歸在想什麼，看他有些出神，忍不住拉拉他的衣袖。

「後來啊，不離就留下來了，小月老是離身的魂魄就放在不離身上，他們倆就此離不開了。」

陸不歸也當故事說，像是說個完美結局般地呵呵笑著。

「沒有解決的方法嗎？」孫少璿想了想，有些憂慮地問道：「雖然若是他倆願意一輩子不分開也無所謂，但若是再有這種情形，豈不是很危險？」

陸不歸也無奈地回答：

「你以為我幹嘛讓不離嫌棄得要死要活，還死皮賴臉地賴在喜樂莊，而不離又為什麼老嫌我卻從沒趕我走，就是為了他們啊。」

「段哥哥一定不是真心要趕你的。」蘇鐵說著，又笑咪咪地加了句：「陸叔叔你人好好唷。」

陸不歸開心地笑起來，大手揉揉他的頭。

「也只有你這孩子沒怕過我。」

「我才不怕呢，二爺說陸叔叔的工作是了不起的工作。」蘇鐵得意地說。

陸不歸感激地望了孫少璿一眼，笑道：

「能讓你說上這一句，我這一生也值了，這年頭沒什麼年輕人肯做這行，看來我這門手藝就要失傳了。」

「這豈不可惜？段先生沒給你算過是否有師徒之緣？」孫少璿問道。

「算過。」陸不歸口氣無奈地說：「說要等我六十三歲，我想那小子應該還沒出生吧。」

「能有徒弟就是好事，正好到時有人奉養豈不是件好事？」孫少璿笑道。

「要收到像不離那種孩子，我不伺候他就不錯了，哪敢想他伺候我。」陸不歸好笑地說。

孫少璿想到段不離的個性，也忍不住笑了起來。

而段語月這時候突然抬起頭來，朝前方望去，陸不歸笑著說：

「趕回來接小月了，看來是沒事。」

陸不歸才說完，段語月就眨眨眼睛，低頭朝蘇鐵笑笑，抬手摸摸他的頭。

「沒嚇到你吧？」

「才沒有。」蘇鐵緊緊抱著段語月的手，嘟著嘴說：「月哥哥怎麼樣都嚇不到我的。」

段語月又笑得開懷，摸摸他的臉，轉頭望向孫少璿和陸不歸。

「麻煩大哥和陸先生了。」

「自己人，有什麼好說的。」陸不歸揮了揮手，孫少璿只是笑著點頭。

這時候段不離竄進了馬車裡，望見段語月的笑容之後，緊繃的臉才鬆懈下來，蘇鐵連忙讓了位子給段不離坐下。

「我回來了。」

段不離溫和地開口，段語月笑著問：

「爹沒事？」

「嗯，躲進冰窖裡，可能受了點凍，我回去熬個湯給他補補就好。」段不離有些無奈地回答。

陸不歸則大笑了起來。

「躲冰窖裡，也只有他想得出來，也不怕凍死自己。」

段語月則有點哭笑不得，又望向段不離，沒感覺到他身上有血腥氣，看來是沒取人性命，不禁鬆了口氣，靠在他身邊。

「沒事就好了。」

段不離回來了，段語月也正常了，大家也都放心下來，抒解了緊張的心情，聽段不離說那些刺客的狀況。

一行人飛快地趕回喜樂莊。

隔日一早，聽說段家有人出入了，日頭才剛起，方老爺就急急忙忙帶著店裡的夥計把一大袋米給扛來了。

剛巧蘇鐵帶了一籃子在井裡冰鎮過的葡萄過來給段語月吃，大門還沒關上，方老爺就來了。

「月少爺！月少爺！」方老爺趕緊衝進來，深怕段不離突然冒出來把門給關了。

「方老爺。」段語月朝方老爺招呼，笑著問：「你把米帶來了？」

「是、是，帶來了。」方老爺連忙讓人把米搬進來。

段語月瞧了下，老米袋上一捆紅棉繩紮得很緊，點點頭地問：

「方姑娘怎麼樣了？」

「整晚都縮在床上不肯下來，直說她房裡有人。」方老爺一臉焦急地說：「我讓兩個丫鬟在屋裡陪她，她還是整晚都嚇得發抖，裹著大被子在床上，不吃不喝的，臉都發白了。讓她睡供桌下，她卻連床都不敢下，她娘急得不曉得該怎麼辦，直催我早些來找你。」

段語月愣了一下：「她覺得房裡有人？」

「是啊，我問丫鬟有沒有見著什麼，兩個都說沒見到。房裡擺了七、八盞油燈，一直點到早上也沒熄。」

方老爺急得頭上冒汗。

「月少爺，寶兒年紀還小不懂事，我以後一定會好好管教，你救救寶兒吧，我一定……」

段語月似乎也沒在聽方老爺說話，沉思了會兒，打斷方老爺的話。

「方老爺，您做了什麼嗎？」

「做……做了什麼？」

方老爺一頭霧水地望著段語月，以為他是問自己是不是做了什麼虧心事，連忙用力搖頭。

「我從來沒做過虧心事的！雖然沒造橋鋪路造福鄉里，可是也清清白白做人……」

段語月苦笑不得，只好又打斷他。

「方老爺，我是問你前天從這兒回家之後做了什麼。」

方老爺愣了一下，想了想後回答：

「前天……就照著段管事的話做，回去就把鏡子放進米袋裡紮好，然後整晚就陪著寶兒了。」

段語月一臉疑惑地回頭望著那個米袋，抬頭看看日頭，又望向方老爺身後的夥計。

「勞煩你們拆開米袋好嗎？」

方老爺趕緊回頭讓夥計去拆米袋，米袋紮得很緊，兩個夥計花了點工夫才解開來。

段語月正要走近米袋的時候，段不離剛好從廚房走出來，不冷不熱地朝方老爺招呼了聲。

「方老爺。」

「段管事，來勞煩月少爺了。」方老爺連忙開口。

段不離直接走向那個米袋，抬頭朝段語月望去，只見他微微頷首，段不離便伸手進去掏了把米出來。大米的色澤飽滿，看得出是方記的上等米，但段不離卻皺了皺眉再伸手進去掏，最後把那面鏡子給掏出來了。

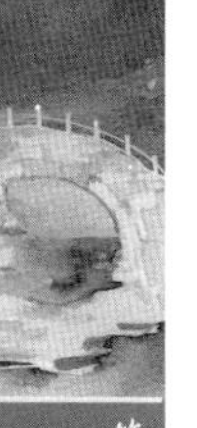

段不離轉身把鏡子遞給段語月。

「米是好的，一點怨氣都沒沾。」

段語月接過鏡子翻來覆去地看了半晌，也皺起眉，轉頭望向方老爺。

「方老爺，你是不是在方姑娘房裡放了什麼東西？可能是誰說可以驅邪的？」

段語月這麼一說，方老爺才想起來。

「確實是擺了把殺豬刀，寶兒她奶娘家裡是殺豬的，她看了寶兒的狀況說是撞邪了，回家去跟她當家的拿了殺豬刀來擱在房門邊，說是可以避邪。」

段不離翻著白眼，而段語月苦笑了起來，溫和地開口：

「方老爺，殺豬刀不能放在房裡的。」

「欸！那、那怎麼辦？」方老爺慌了起來。

段語月的神情有些無奈，轉頭望向蘇鐵。

「小鐵，你們七爺在嗎？」

「在，等著早飯呢。」蘇鐵說著，望了眼方老爺。

「去請你們七爺過來好嗎？」段語月笑著說。

「我馬上去。」蘇鐵應了聲，馬上轉頭跑出去。

「月少爺，這樣我要不要馬上把那殺豬刀拿出來？」方老爺緊張地問，伸手抹著額上的冷汗。

「現下先別動了，我想想辦法，您不用急。」段語月溫聲安撫他：「如果夜裡出門，擔心撞了邪的話，帶把殺豬刀在身上是有用的；但方姑娘的狀況，您放把殺豬刀在她房裡，反而把鏡子裡的東西留在她房裡了。」

「這還得了！」方老爺更是急得滿頭大汗：「月少爺，你可得幫幫我，救救寶兒啊。」

「您別急，方姑娘暫無大礙的。」段語月安慰著方老爺，段不離則有些不耐煩地開口：「那東西要真的夠凶，你女兒早就沒命了，不會拖到現在。」

「不離。」段語月有些責怪地望了段不離一眼。

方老爺被段不離這麼一嗆也不好再說什麼，這時候孫子衡從外邊走進來，身後跟著來看熱鬧的孫少璿。方老爺也認得他們倆，不曉得從哪裡來的富家公子，聽說是一路遊山玩水過來，到了三喜鎮就停下了。也不知道三喜鎮哪裡吸引住這對兄弟，總之他們一待就是個把個月，還把喜樂莊旁邊那棟沒有人會買的屋給買下來，沒看他們請個人伺候，但總買他店裡最好的米，現下看來應該是在喜樂莊搭伙了。

這也讓方老爺覺得奇怪，雖然大家都很敬重段家人，但喜樂莊怎麼說都是義莊，家裡沒出事也不會有人上門來串門子。然而這對少爺一天到晚總是往喜樂莊跑，怎麼看都覺得奇怪。不管怎樣，那是別人家的事，這對孫家少爺看起來非富即貴，自己也不好招惹。

方老爺只是連忙招呼著：「二爺，七爺。」

孫少璿跟孫子衡都只點個頭算是打招呼，孫子衡望向段語月。

「小月你找我？」

段語月笑著望向孫子衡腰間的劍。

「七爺是慣用劍的吧？」

「嗯，這是先……」孫子衡摸向劍柄，停頓了會兒才說下去：「我……伯父送給我的。」

段語月點點頭表示理解：「七爺的劍夠快嗎？」

「還行吧，小月要砍什麼？」孫子衡還沒聽過有人問他的劍夠不夠快，笑著抱起手臂回答。

「我們要斬鬼。」段語月笑著說：「七爺想試試嗎？」

「這我還真沒斬過。」孫子衡覺得好笑又好奇：「當然要試一下。」

段語月點點頭，望向方老爺。

「方老爺，可能要到府上叨擾一下，我得進方姑娘的閨房才能處理，請夫人安排一下，多請幾位嬤嬤跟丫鬟一塊兒來，我們也好避嫌。」

「是、是，我馬上去安排。」方老爺連忙喊著要夥計回去通知他夫人。

他們商量著正要出門的時候，段修平走了出來。

「小月啊。」

「爹。」段語月轉回身去：「怎麼不多躺躺？」

「也不過在冰窖裡待了個一炷香的時間，躺什麼啊。」段修平好笑地說：「你等會兒去幫方老爺的時候，跟他借朝東的那個倉庫，就說是我要用，讓他什麼也別動，也別讓人進去，過兩日我就還他。」

段語月歪著頭看向他爹，想了想點點頭。

「知道了。」

「不急。」段修平又望向段不離：「吃了早飯再去吧，大夥都餓著呢。」

「嗯，我先去做飯。」段不離說著就往廚房走，手指朝蘇鐵勾了下，那孩子馬上黏去幫忙了。

「爹啊，方老爺都快急壞了。」段語月無奈地開口道。

「就急他個教女不方，你一會兒去，那丫頭也不會給你好臉色看，權充教訓她一下。」

段修平笑著說。

「難不成你要讓七爺餓著肚子去幫忙？二爺也等著早飯呢，你好意思餓著人家。」

段語月被他爹說得無話可說，只好默默等著早飯。

等到方老爺又派人來催，發現段修平人也在，就不敢再催了，焦急地在家裡候著。

等到大夥吃飽，心滿意足了，才跟著有些心焦的段語月急忙趕往方家米莊。

段語月帶著段不離和孫子衡進去的時候，房裡已經站了七、八個丫鬟，連同奶娘、

廚娘跟方夫人都在房裡焦急等著。

方夫人一見段語月就哭了出來。

「月少爺，你救救寶兒啊，我就這麼一個寶貝女兒。」

「方夫人您別急，方姑娘不會有事的。」

段語月溫言安慰她，但躲在棉被裡的方寶兒一聽見段語月的聲音就尖叫了起來。

「我不要他救！我死也不要他來救我！」

段不離一聽，伸手拉著段語月就要走，被段語月瞪了一眼，也只好無奈地留下。

「妳給我住口！」方老爺氣得大吼了起來：「我就是寵壞了妳才會變成這樣，人家月少爺不計較妳的態度，妳倒爬人家頭上來了，我是這麼教妳的嗎？」

方老爺從來沒這樣罵過女兒，方夫人捨不得女兒被罵，難過得想去安慰她，被方老爺給阻止了。

「別寵她，我們就是寵壞了她。我要沒寵她，沒給她買那面鏡子，就什麼事都沒有了。」

方老爺說著眼眶也紅了。

「我就妳這麼一個女兒，妳不讓月少爺救，今天爹娘就陪妳一起死！」
方寶兒哭得更淒厲。方老爺覺得自己話也說重了，抹抹眼淚又放軟了聲調。
「寶兒啊，不是什麼都用錢買得到，也不是什麼人妳想要就能要，妳這麼大了，難道不懂嗎？」
方寶兒抽泣著，哽咽地說：「可是……可是我就喜歡不離……」
段不離又翻了翻白眼，被段語月瞪了一眼，只好把頭轉開，剛好看見孫子衡忍笑的模樣，也瞪了他一眼。
段語月見段不離沒反應，伸手推了他一把，段不離回瞪了回去。兩個人對瞪了半天，最後還是看方家一家三口哭得悽慘，段不離才開口，語氣平淡。
「寶兒，我看著妳長大，妳就跟我妹妹一樣，沒有人娶自己妹妹的。」
方寶兒依然裹在棉被裡，抽氣的聲音變小了些，又哽咽地小聲問：
「不是因為……我沒有小月漂亮……？」
段不離好氣又好笑地回答：
「他是男人，妳跟個男人比什麼漂亮，妳怎麼不比我們大小姐？」

方寶兒回答不出來，又小聲啜泣著。

段語月又輕推了段不離一把，段不離只好再開口：

「我從小跟著他們長大，怎麼漂亮我都看慣了，對我來說重要的不是漂不漂亮，而是為人個性，我不娶妳是因為我把妳當妹妹，今天妳若不想認我當大哥，我也就算了。」

「要！」方寶兒這才止住了哭泣，大聲回答：「那、那我要當你妹妹……」

「要當我妹妹，妳也就是小月的妹妹，以後要認他做哥哥，不可以再沒大沒小了。」段不離教訓著說。

「……知道了。」方寶兒乖乖回答。

方老爺真是哭笑不得，他養了一輩子的女兒怎麼說都說不聽，段不離幾句話就哄得她乖乖聽話。而要段不離願意哄人可不是簡單的，方老爺也知道那是段語月的吩咐，拭乾了眼淚，朝著段語月感激地望去。

段語月只是笑笑地走向前去。

「寶兒，讓哥哥看看妳的臉好嗎？」

「……我的臉……很難看……」方寶兒說著又哭了起來，段語月連忙安慰她：「能治好的妳放心，讓我一個人看就好，我保證不離就站在那裡不過來。」

好一陣子方寶兒才點點頭。

「那你……月哥哥過來就好……」

段語月走過去蹲在方寶兒面前，方寶兒則背對著段不離小心露出一張花臉給段語月看，段語月倒沒在看她的臉，僅看著她的眼睛，神色嚴肅地端詳著。

方老爺有些緊張又不敢問，只緊緊拉著夫人的手。

「方老爺，把那面鏡子交給不離好嗎？」段語月沒有移開視線，開口吩咐著。

方老爺連忙取出那面鏡子，交給段不離。

「月少爺，那殺豬刀……」

「放著就好，別動。」段語月仍然盯著方寶兒的眼珠，輕聲說道：「失禮了。」

說完伸手隔著被子捧著方寶兒的臉左右移動了一下，仍然盯著她的眼珠看，像是從她眼裡在找些什麼。

再開口的時候是對孫子衡說：「七爺，等下你看見一道白光，就拔劍斬它。」

「光？」孫子衡疑惑地問：「你是說要斬到那道光？」

「是，七爺可有困難？」段語月帶著笑意問。

「你都這麼說了，我若是斬不著，可對不起我鎮……我的名聲了。」孫子衡笑著把自己的名號吞回去，手握在劍柄上。

段不離把鏡面朝著自己，貼在身前放著。段語月突然伸手指了個方向，段不離就把那面鏡子反過來朝那個方向照去，一道白光閃過，像是在閃那面鏡子。孫子衡有了準備，身手奇快無比地抽刀斬去，那道光被他從中斬過，一下子溜回段不離手上的鏡子，段不離連忙把鏡面又貼著自己，轉頭對方老爺說：

「找塊紅布給我。」

方老爺連忙叫人去取來紅布，讓段不離把那面鏡子裹得嚴嚴實實的。

段語月站了起來，頭有點昏，還是方寶兒伸手扶了他一把，段語月朝她笑著。

「沒事了，妳的臉給我姊姊看兩天就會恢復原來的模樣了。」

方寶兒呆呆看著段語月，而方老爺訝異地說：

「這就沒事了？」

「嗯，抓到就沒事了，本就不是什麼凶鬼，說了不用太操心的。」段語月笑著，在方老爺跟夫人衝過去抱著女兒喜極而泣的時候，段語月走向孫子衡笑道。

「七爺果不負名聲，連鬼都斬得了。」

「幸好沒給我二哥丟人了。」孫子衡笑著回答。

「這個能扔了嗎？」段不離拿著那面紅布裹著的鏡子，無奈望著段語月。

「不行。」段語月伸手搶過，有些滿意地笑著：「這面鏡重要得很。」

在段不離嘆了口氣的時候，孫子衡疑惑地問他：「哪裡重要？」

「這面鏡裡冤魂，不正是所謂的『晶石之內、複影之中』嗎？」段語月開心地回答。

孫子衡正在想這句話哪裡耳熟的時候，段不離就瞪著段語月。

「就叫你別管那條魚的。」

孫子衡這才想起那是魚精所說的，希望他們「歸還」他的朋友。

「所以這個鬼就是魚精在找的那一個？」孫子衡好奇地望著鏡子。

「我想應該就是了。」段語月說著，又朝向方老爺開口：「方老爺，我可以帶走這面鏡子嗎？日後寶兒若是喜歡，我再帶回來給她。」

「不了不了！不要了！我們不要了！」方老爺連忙擺擺手，只希望那面鏡子快點離開他家。

「那我就帶走了，記得帶寶兒去給我姊姊看看。」段語月說著，也顧不了方老爺再三道謝，說要請他們吃飯，他連忙推辭，只想帶著鏡子離開。

走前段語月想起他爹的吩咐，又回頭望著方老爺，笑盈盈問道：

「方老爺，跟你商量借一下東面的倉庫用兩天可好？」

「當然當然，月少爺想要什麼都行。」方老爺連忙開口。

「只借用兩天就好。」

段語月把段修平說的規矩跟方老爺說了下，方老爺保證絕對不讓人進去，段語月才安心地抱著鏡子離開，心裡只想著能快點讓這對好友相聚就太好了。

段語月回到喜樂莊的時候，易天容正在家裡和他爹還有孫少璿說話。

「姊夫，怎麼來了？」

「那些人審得如何？」段不離倒是曉得易天容為什麼來。

「都是些嘍囉，拿錢辦事的，看來像臨時湊來的。」易天容抱著手臂：「也許是想試試我們的能耐而已。幾個傷重的讓我夫人治一治後，全送到宋小冉那兒去了。」

段不離一聽就皺起眉來。

「看來那些人會再來。」

「我們也這麼想，所以得想想對策了。」易天容朝孫子衡望了一眼：「聽說你跟去斬鬼了？」

「幸不辱命，斬到了。」孫子衡笑道。

「多虧七爺了。」段語月笑著，又轉向正在努力剝橘子的蘇鐵。

「小鐵，我們再去遊河吧。」段語月倒不怎麼關心那些人還會再來，只想著快點去找那魚精。

「又遊河呀，魚怪跑出來怎麼辦？」蘇鐵有點不安地問。

「我們把他朋友還給他，他就不會再來了。」段語月抱著紅布包著的鏡子，開心回答。

「咦？段哥哥你找到他朋友啦？」蘇鐵有些訝異地問，而孫少璿突然一擊掌，「哎呀」地驚呼一聲，讓蘇鐵嚇了一跳。「二爺怎麼了？」

「原來『晶石之中、複影之內』指的就是那面鏡子啊。」孫少璿這才恍然大悟。

「正是，我也是後來才想到的。」段語月捧著那面鏡子很滿意的模樣，讓段不離又好氣又好笑。

「放回去前，先問問人家願不願意呀！跟魚精處久了就成鬼修，指不定人家想輪迴的。」

段修平倒沒阻止段語月，他一向不阻止段語月去做那些事，只提點他。

「我知道的。」段語月朝他爹應著，又轉向孫少璿。「大哥，把船借我吧。」

那艘船後來讓溫輕鴻下公文給放了，讓船家父子把船開回三喜鎮，靠岸還沒多久，段語月就想著要出海了。

段語月想去的話，段不離肯定跟著，蘇鐵也說想看魚怪的朋友。孫少璿左看右看，

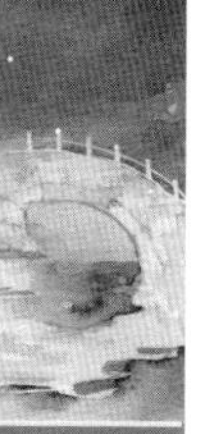

想想自己也沒什麼武力幫上這頭的忙，就跟著段語月去找魚精了。

船迎著風，徐徐航行到河口，一個浪頭捲過來，一個黑乎乎的孩子就蹦上了船。

鯰魚精看見段不離還是有些害怕地縮到船頭上，細聲開口：

「吾感覺到友人的存在，請將吾友歸還，吾立即離去。」

蘇鐵緊挨著孫少璿好奇地看著那個孩子。

段語月讓段不離後退點，把包著鏡子的紅布打開，伸手敲敲鏡子。

「你可以出來了。」

鏡裡閃過一道白光，一個黝黑的中年人茫然站在船上，四周望了下，看見自己在船上似乎沒什麼訝異，像是習慣生活在船上的樣子。

「吾友！」

鯰魚精叫了一聲，把那中年人給叫醒了，他愣了一下才開口：

「小墨？」

鯰魚精朝那中年人奔過去，他一把將像個孩子的鯰魚精抱在身上，動作習慣的像是在抱自己的孩子。轉頭看見段語月朝他笑，想起自己在鏡子裡的事，有些害怕地退了兩步。

「剛剛情急之時，我讓人嚇了嚇先生，才好讓先生躲回鏡裡，只是可能毀了先生半年道行，請先生不要在意。」段語月溫和解釋著。

那中年人想起那個金光閃閃的人，伸手拔出那把劍時帶著煞氣與宏大的劍氣，幸而斬的只是他帶出來的光。他不曉得從什麼時候開始，自己身上就帶著光，現在仔細想想，大概就是自己死後跟墨在一起的這一年慢慢開始的。

鯰魚精聽到損了半年道行，像是有些難過的樣子，突然一個可愛的嗓音開口問他：

「你叫墨呀？是墨水的墨嗎？」

蘇鐵雖然不敢過去，但仗著有段語月在身邊，充滿好奇地開口。

鯰魚精只點點頭，倒是中年人笑著開口。

「是啊，是墨水的墨，他比較怕生，你不要介意。」

蘇鐵也笑著搖頭，不好說自己也怕生，有些不好意思地摸摸頭，望著墨開口：

「我叫蘇鐵。」

墨猶豫了會兒，倒是中年人搖了他一下。

「快跟人家打招呼呀。」

墨想了一下，他曾教過自己，人類打招呼的方式，才細聲開口：「你好……」

中年人笑得挺滿意，看來像是把墨當成自己的孩子。

「我叫陳平，多虧先生助我離開那面鏡子。」

陳平現在懂了，自己身上帶著的白光反而將他黏在鏡子裡出不來，多虧那一劍斬斷了那道白光，他才得以離開鏡子。

「只是損了先生一點道行。」段語月有些遺憾地說。

「請先生別如此尊稱，我不過是個走船人。」陳平連忙開口。

孫少璿對這人有些好奇：「聽陳兄談吐不像單純的走船人。」

陳平只覺得這人比早上的那人更為閃耀。他後來懂得越是身分尊貴的人越是發亮，他還沒見過這麼閃亮的人。而段語月是整個人籠罩著一種柔和的白光，後面站著的那個人則是一身煞氣帶著濃重黑霧，他只想退避三舍，幸好他一直沒走過來；而蘇鐵也罩著淡淡的金光，看來這光會越來越重。

這些都是他死後跟墨在一起一年多之後，慢慢才看得見的。

他望向孫少璿，知道這人絕非普通的權貴人物，於是尊敬地回答：

「上過幾年學堂，家道中落後，為飽餐一頓才走船去的，走了也小半輩子，以為一輩子就活在海上了，沒想到最後還是墜海而死。」

段語月也有些惋惜，想起他爹的交待，開口問道：

「陳兄之後有什麼打算嗎？如果想重生為人的話，我可以送你去輪迴。」

墨一聽就緊抱著陳平的頸子，但又像是想到什麼，神情變得落寞起來，小小聲說：

「吾友若想重生為人，就別理會吾了……」

陳平倒是沒什麼猶豫，笑著對抱在手上的孩子說：

「吾什吾，就說自稱『我』就好了，講幾次讓你叫我叔你也不願意，我當初要走你不讓，現在倒懂得叫我走了？」

墨低著頭沒回答，神情模樣倒真像個孩子。段語月可以明白，這魚精只是單純的生活在海裡，可能是某些機緣讓他有了修行，但就算有了五百年以上的道行，若只是一直生活在海裡，也可能單純得如同孩童一般。

陳平笑容溫和地望向段語月。

「我離不開這孩子了。」

當初他家道中落，父母雙亡之後被兄嫂嫌棄，於是什麼也沒帶地隻身離家。餓到發暈的時候，在港邊看見大船在招船員，當時他只想吃飽而已，就上了船，這一走就是二十年，從一個什麼都不懂的瘦弱書生變成粗壯的船員。幾年前在港邊遇到了這孩子，還以為是誰家走失的，後來這孩子說沒有家人，似乎也不懂什麼叫家人。

他放不下這孩子，就帶著他上船，給他取了名字叫「墨」。

他想著自己也沒什麼娶妻的命了，養個孩子也不錯，過了半年才發覺這孩子不是普通的孩子。

這孩子常常半夜跳船去游海，過好一陣子才一身濕淋淋的回來鑽進他被子。他教了幾次才讓墨懂得要把自己弄乾才能上床，墨懂了之後，一個點頭身上就乾了。

他開始認真教他別在別人面前顯得不同，人心險惡，他怕墨要是被人發現有些力量，一旦離開他身邊，很可能被利用。

但終究瞞不過天天一起生活的船員，他緊緊護著墨不讓那些人接近，但某天就這麼被人下了藥，綁著推落海裡了。說來好笑，他連是誰害了自己都不曉得，清醒過來的時

候只看見墨。

發覺自己在海裡也不用呼吸的時候，才意識到自己死了。他倒也不在意，能死得沒有痛苦也很好，人終究逃不過一死。

而墨也沒提及他死的事，只成天開心地帶著他在海裡游來游去。他第一次看見墨真身的時候，嚇了好大一跳，沒想到小小的孩子居然是這麼大的魚；但他不怕，這是他的墨，是他的孩子。

還是習慣看見大船就跟隨著，若覺得這船不錯，就帶著墨在港邊招船員的時候上船。墨教會他怎麼讓自己看起來像是有實體的人，這樣下來，一年內他們換了三艘船，若覺得不好就跳下船游回海裡去，這麼生活也自在快樂。

某天他們上了一艘大船，船上載滿了國外來的琉璃器物，墨看得很開心，他也難得見到這些，但在看一面鏡子的時候，不知怎麼的就被吸進鏡子裡出不來，他只能在鏡裡吶喊著。但墨聽不見，看見墨焦急地找他，以為他走了便一躍下海的時候，他幾乎絕望。直到有個姑娘買了那面鏡子，他離了船，可以出來走走，卻怎麼也離不開那鏡子周邊十步，於是只好在人家小姑娘的閨房裡散步。

陳平感激地朝段語月道謝。

「要多謝先生救我，不然這孩子又得一個人了。」

段語月只是搖搖頭。

「這是機緣，是先生自己的，若不是墨跟隨我們，要我們救你，我們興許就把先生直接送去輪迴了。先生要謝，就謝墨吧。」

陳平看著墨，滿臉溫和的笑容。

「謝謝你。」

墨似乎有些害羞，轉頭不曉得要看哪裡，最後望向段語月。

「吾……我那天不是故意掀浪推你們船的，是你們船上跟著人，所以吾……我才跟著你們，想把那個壞人弄走，但不小心他就死掉了。」

墨說著又低下頭，段不離這時才開口：「那個人跟了我們很久嗎？」

墨點點頭。

「你們鎮裡有龍王駐守，我不敢上岸，因為人間天子寫了信給我，我在岸邊等著，在你們上船之前，那人就把自己綁在船尾了。」

段不離和孫少璿對望了一眼，還沒開口之前，墨又開了口：「我以前也見過那些人。」

「多久？你不是在三喜鎮才跟上我們的？」段不離疑惑地問。

墨只是搖搖頭。

「不是一樣的臉，是一樣的人，手臂上紋著一個金色彎月。」

孫少璿愣了一下，皺著眉開口：

「你以前也見過手臂紋著金色彎月的人，那些人是否成群行動？」

墨點點頭。

「百年前跟三百年前都見過，帶著個百年怨魂，手上紋著金色彎月，夜半進屋就整屋人都殺。」

墨有些疑惑地歪著頭。

「人好奇怪，為什麼人要殺人，人又不吃人。」

「因為人心險惡，不如你們單純。」段語月輕嘆了口氣。「有時候就為了權，或者為了仇，也或者為了財，人要殺人的理由有千百種。」

墨似懂非懂地聽著，只望向陳平。他確實見過人有千百種奇怪的行為，但只有這個人是最不一樣的，是真心對自己好的。

「我不懂人，我只要懂他就好了。」墨望向他們：「感謝你們救了他，我們之後會盡量小心避開那些器物，暫時不上岸了。」

陳平點點頭。

「我們會生活在附近的海裡，若是先生有需要，在岸邊叫我們，我們可以幫上忙的話，會來幫先生忙的。」

陳平說完，就抱著墨跳向海裡，把船家父子嚇了一跳。段語月哄了半天，他們才理解那父子倆水性奇佳就愛跳船游水。

段不離請船家把船駛回三喜鎮，拉著段語月進船艙，對著孫少璿開口：「你想到什麼嗎？」

孫少璿神情嚴肅地點頭。

「也是因為前些日子，小月才提起太祖的事情，我想起一件事。」

蘇鐵歪著頭，望向孫少璿：「二爺是指金刀營的事嗎？」

「嗯，在宮中這是無人不知無人不曉的。」孫少璿望向段不離說道：「曾經太祖訓練了一批人，分為兩撥，一撥人設為金刀營用來幫他處理些『私事』，一撥人為銀衛營，用來放在宮中做貼身侍衛。銀衛營現在仍在，但金刀營……聽說在先皇駕崩之後，就再也沒人見過了。」

「那皇上呢？怎麼可能再也沒人見過？」段語月疑惑地問。

「有些事……是只有皇帝才知道的事，因為先皇是突然駕崩的，所以並沒有留下任何關於金刀營的事。」孫少璿苦笑地說。

他曾經一時興起，跟皇兄徹夜尋找御書房裡各種夾層和密格，還真找出了好幾個，但就是沒有任何關於金刀營的記載。

「我記得皇兄說過，先皇確實跟他提起過金刀營仍在使用的事，但沒有任何記載留下實在是件很奇怪的事。」

孫少璿皺起眉說。

「我們叫來銀衛營的營長來問他是否知道關於金刀營的事，他說他見過一次金刀營的營長，說叫司馬。」

「又是司馬？這人是不是想篡位？」段不離不以為然地說，被段語月輕推了一把。

「不離，別亂說話。」

「哇，段哥哥這麼簡單就說了我一直不敢說的話耶。」蘇鐵一臉崇拜地望向段不離，讓段語月哭笑不得。

孫少璿笑了起來。

「如果可以他應該很想吧！宮裡的琴貴妃是司馬家的小女兒，替先皇生下了三皇子，在司馬桂眼裡，他孫子繼承大位可比我皇兄生母是燕國公主還來得正統。只可惜先皇早指了我為下任東宮，又一個燕國公主的兒子，想必他氣得不輕，有篡位之心是遲早。」

「那你們知道金刀營長是司馬家的人，之後怎麼解決？」段不離難得好奇地問。

「他叫司馬，可不見得就是司馬家的人，但我皇兄還真叫來問了。司馬桂一臉訝異地說金刀營在三朝之前就被廢了，更何況他家三個兒子每個皇上都認得，哪來多的兒子去任營長。」

孫少璿冷笑了聲說：

「他家裡沒有，外面生的據我所知就不只三個，要兒子他多的是，但也找不出實證，這事只好暫且擱下了。」

「所以，手臂上有個金色彎月是金刀營的象徵？」段語月又問。

孫少璿點點頭。

「就像銀衛手上都有刺個銀色彎月一般，金刀營的人手上都有個金色彎月。」

「如果一百年前墨就見過金刀營的人，肯定先皇是有在使喚他們的。」段語月皺著眉說。

這時候船靠了岸，段不離拉著他的手臂扶他站起來。

「回頭說吧，這種事別在外頭談了。」

「不離說得是，我回去跟子衡商量一下才好。」孫少璿帶著點憂心，一行人下了船，匆匆趕回喜樂莊。

孫少璿回到喜樂莊後，就發現所有人都盯著剛回來的蘇鐵。

蘇鐵也有些疑惑地摸摸自己的臉，心想自己臉上沾了什麼東西，連忙轉頭望向段語月。

「月哥哥我臉上有什麼嗎？」

段語月摸摸他的臉，苦笑著：「什麼都沒有。」

段語月一回來，發現所有人盯著蘇鐵的時候，就知道他們想做什麼了，更何況是孫少璿。

孫少璿眉頭一皺，還沒開口之前，孫子衡就先說道：「是我的主意。」

「這很危險。」孫少璿臉上的神情顯示他反對。

「那位姑娘說她跟著，要您放心啊，二爺。」段修平笑著說。

孫少璿愣了一下，望向段語月，段語月也無奈地點點頭。

蘇鐵一頭霧水，但他習慣了大家都說些他聽不懂的話，只乖乖地站在一旁。

孫少璿皺著眉看著蘇鐵，又望向孫子衡，最後嘆了口氣。

把蘇鐵拉在身邊，坐到院中的椅子上，無奈開口：「說來聽聽。」

孫子衡請段修平先坐下自己才坐，段不離看起來挺滿意，走到廚房去燒水準備沏茶，段語月坐在他爹身旁，等著孫子衡開口。

「這裡所有人最弱的一環就只有三個人，一個是小月、一個是段先生，一個就是蘇鐵。」

孫子衡解釋道。

「昨天段先生遇襲，好在我跟不離回來得快，所以段先生暫時只想待在府裡不出門是正常的，此時隻身出門才是奇事。而小月身邊時時刻刻都有不離跟著，所以剩下最弱的一環就是蘇鐵了。」

蘇鐵這麼一聽，有些不安地說：「……意思是……我給大家添麻煩了嗎？」

「你沒有。」孫少璿摸著他的頭，溫和地說：「老幼婦孺本就是需要人照顧保護的，你還是個孩子而已。」

「我可以幫二爺做很多事了，我很大了。」蘇鐵拉著孫少璿的衣袖，神情帶著堅決。

孫少璿總記得這孩子臉上堅決的神情，那種願意為他付出一切的意願，都教他感到心疼。

「那把刀。」孫少璿摸著他的頭，語氣溫和地說道：「你還帶在身上嗎？」

「嗯，一直帶著。」蘇鐵沒有猶豫，他感覺得出來孫少璿對凝香的死已經釋懷了。

「你就帶著它，必要的時候就拿出來保護自己，那把刀，就賜給你了。」孫少璿笑著說。

蘇鐵在笑起來之前眼眶就紅了，站起身跪了下來。

「謝殿下。」

孫少璿沒有阻止他跪，只溫和地說下去：

「你該好好考慮想練武還是念書，等我們回去之後，你若想念書就進太學，若想練武，我讓銀衛帶著你。將來不管如何，你一輩子都會像現在一樣，是離我最近的人。」

蘇鐵抹抹眼淚。

「是，我會好好考慮，我只求留在殿下身邊，其他蘇鐵不想。」

「等你大了，不想都不行。」孫少璿抬手幫他抹眼淚：「起來吧。」

孫子衡也覺得眼睛一陣發酸，這一年來，他看著孫少璿從最深的谷底一路爬起來，若不是這孩子不離不棄的真心相待，恐怕沒有今天。他只笑道：

「跟什麼銀衛，要練武就跟著我了。」

「說得也是。」孫少璿把蘇鐵拉起來按回椅子上，又望向孫子衡。「好吧，跟他說說你們想要他做什麼吧。」

蘇鐵之後才明白自己是最弱的一環是什麼意思。

「意思是說，要我假裝被綁走嗎？」

「對，我們會跟在你身後，凝香也會保護你的。」孫子衡說道。「你不用害怕，也不用很堅強，你只要裝得像一般小孩一樣哭鬧，他們就會對你掉以輕心。」

「嗯，我知道了。」蘇鐵點點頭：「凝香姊姊在我身後，我不怕的，但我會裝成很害怕的樣子。」

「我不會讓你有事的。」孫少璿伸手摸摸他的頭。

「嗯，我知道的。」蘇鐵認真地回答：「我會把這事辦好，二爺放心。」

孫少璿嘆了口氣，孫子衡忙著開口：

「易大哥已經回去安排，只要他們帶走小鐵，我們就能跟上，就算跟不上，也有凝香在。」

「我知道了，去辦吧。」孫少璿說著又望向蘇鐵：「別逞強，記得自己還是個孩子。」

「知道的。」蘇鐵用力點點頭，露出可愛的笑容。

段語月也伸手摸摸他的頭。段不離端著茶水倒給他們幾個，開口說道：「別顯得太聰明，裝笨點他們就不會起疑心，你也就安全，江湖人沒必要不會傷害小孩子。」

「嗯，我會記得。」蘇鐵用力點頭。

之後等一切安排妥當，易天容來通知他們行動。

蘇鐵帶著菜籃子開開心心到市集去買點零食，在三喜鎮上熟了之後，他常常這樣去市集買他想吃的東西或食材，但大多是買些孫少璿喜歡的。雖然魚、肉、菜之類的小販都會送來，不過市集上總能買到些新鮮的點心。

蘇鐵像平常一樣跟每個熟悉的小販打招呼，邊挑些他想吃的點心。

今天似乎來了個捏糖人的攤販，他看見好幾個孩子手上都拿著雪白的小兔或者深綠

的龍，還有小豬跟仔鹿的模樣都很可愛。他找來找去，最後跟著糖人的香味走，遠遠的看見一個人揹著個大箱子朝市集外走，香味直傳到他這兒，他連忙追上。

「大叔，給我捏個糖人好嗎？」他漾開可愛的笑容，扯著那大叔的衣角。

「好啊好啊，你等會兒呀。」那大叔笑著把大箱子放下，打開一看卻是空的，蘇鐵還沒來得及露出疑惑的神情，就半暈過去了。

他半睡半醒的感覺自己好像飛起來，一高一低的飛來飛去像是隻鳥兒在躲避老鷹的追緝。

等他醒了之後，他眨眨眼睛，發現自己睡在草堆上，眼前只有一片灰泥牆壁，他聽見後頭有幾個人在討論事情。

「如果能順利的話……」

「但……鎮國大將軍可不是好搞定的。」

他本想多聽幾句，但他記得出發前易天容一再交待他醒了就起身，那些江湖人都很厲害，要是他裝睡他們一定會知道。

於是他動了下，馬上跳了起來，轉頭回去呆呆看著身後的陌生人，愣了會兒之後，一抽一抽地開始大哭起來。

「別哭別哭，你不是想要糖人嗎？我做給你。」

那做糖人的大叔連忙抓著麵團，蹲到他面前去，巧手捏出一隻雪白小豬給他。他看得眼花繚亂，眼淚還留在臉上就忘了哭，呆呆接過那隻小豬。

那大叔見他忘了哭，笑嘻嘻的又捏了一隻小兔子給他。

「喏，都給你，別哭了啊。」

「我還要龍。」

蘇鐵想起市集上有個孩子拿著條龍，那大叔笑著說：

「還真貪心，我捏條龍給你，不准哭了啊。」

他用力點點頭，看著大叔捏龍給他，終於笑了起來。

「大叔你好厲害呀。」

「你不哭的話，什麼都好辦。餓不餓啊？大叔給你包子吃？」那大叔笑著問他。

「餓。」蘇鐵摸摸肚子，也真覺得餓了，那大叔給了他兩個熱騰騰的包子，他一口咬下去，雖沒有段不離做的好吃，但也算美味了，於是開心地吃著包子。

那大叔只摸摸他的頭就回去跟那些人說話了。

「你還挺會哄孩子。」其中一個人說。

「嘿，這是特殊技能，別想打聽我老家有幾個孩子幾個弟弟了。」大叔笑著說。

「嘖，你這種人怎麼能信。」

「就是我這種人才能信呀，我只信錢，給錢什麼都好辦，像我這種人可難找。」大叔抱著手臂望著其他人。

蘇鐵邊吃邊打量那大叔，覺得大叔怎麼看也不像壞人。看來他在一個廢棄的破廟裡，總共有三個人在說話，還有一個人一直坐在牆邊沒開口，聽見大叔這麼說，那人才冷冷開口：

「那讓你做掉這孩子你行不行？」

蘇鐵愣了一下，沒顧著嚥下嘴裡的東西，就又大哭了起來。

「哎呀！別哭、別哭。」那大叔又忙著過來哄他：「他開玩笑的，放心，大叔晚點就送你回家啊。」

「嗯……」蘇鐵抽泣著點頭。「你不要騙我……」

「不騙你，一定送你回家。」大叔摸摸他的頭：「說好給你龍就不哭的啊，你答應過的。」

「……嗯。」蘇鐵抹抹眼淚，抽泣著吃他的包子。

那大叔站起來，對著那人毫不客氣地說：

「你找我的時候我就說過，我燕惜今不殺幼童，其他隨意。今天你硬是要我殺他，我只能帶著他殺出去，你選一個吧。」

「你說什麼？」

「你找死！」

旁邊兩人朝他舉起刀來，而牆邊那人卻笑了起來。

「很好，有原則的人我才用，這表示你不會背棄你的合約。那孩子我不殺，等我達成目的，那孩子就隨你了。」

燕惜今笑了起來，正打算開口的時候，突然變了臉色抬手示意他們安靜。這時候一個聲音從外面悠閒地傳進來。

「要殺他，還得看我准不准。」

隨著這句話說完，一股宏大的劍氣射了進來，朝牆邊那人直撲而來。燕惜今撲過去，從腰間抽出一把鐵棍，擋下了那股劍氣，一回頭看著其中一個人拿著刀朝蘇鐵撲過去，伸手勒住他想拿他當人質。

燕惜今正想撲過去的時候，蘇鐵突然從懷裡抽出一把短刀朝那人大腿內側一刀刺入。

他記得段不離說過，那是最快癱瘓敵人的方式。蘇鐵拔出他的刀，瞬時那人大腿血流如注，他連忙逃開那人。燕惜今愣了一下的同時，外面有人帶著劍氣飛身進來。

蘇鐵蒼白著一張臉，看著手上的刀。這還是他第一次傷人，顧不得廟裡刀光劍影，只看見那個人捂著大腿痛苦地在地上打滾。

直到有人按著他的肩，他下意識握緊刀的時候，那人握住他持刀的手，接著他聞到一股麵粉味，一切都安心了下來。

「段哥哥……」

「刺得好。」段不離只淡笑著安慰他，一邊用衣角擦著他染血的臉。

「那人……會死嗎？」蘇鐵有些不安地問。

「你不想他死，他就不會死。」段不離笑著說。

「……不會對二爺不利的話，我不想他死……」蘇鐵小小聲說。

段不離摸摸他的頭，走向那人面前，點了他幾個穴道。蘇鐵看那人似乎昏過去了，但是胸口還在起伏，才鬆了口氣。

他轉頭看向裡頭一團混亂，易天容已經抓住了牆邊那人，而孫子衡正跟燕惜今纏鬥著。

孫子衡只覺得這人輕功了得，滑來溜去的怎麼也抓不著，看他手上那根鐵棍，他想起一個人。

在近身對上一劍的時候，他端詳著那雙眼睛，對方像是發覺他認出自己了，勾起嘴角，在手腕上一抹，一柄銀色彎月出現在手腕內側，然後朝後一跳。

「不打了、不打了，我就拿錢辦事的，束手就擒可以吧？」

燕惜今把手上的鐵棍一扔，雙手高舉起來，孫子衡拿劍指著他。

「捆起來。」

易天容的人上來把燕惜今捆起來的時候，孫子衡收了劍，開口道：

「把他們都帶走，那個送回喜樂莊。」

孫子衡指著那個牆邊的人，那人只是哼了聲，冷笑著任他們帶走。

連地上的人也被抬走，只剩下燕惜今在這裡。孫子衡先望向蘇鐵，溫和地開口：

「你沒事吧？」

蘇鐵只是搖頭，又抹了抹身上還熱著的血，小小聲說：

「那大叔……對我挺好……七爺放了他吧……」

孫子衡笑了起來。

「放了他可不行，這人好用得很，更何況他都知道我在這裡了，不滅口就只能拿來用了。」

燕惜今連忙開口：「請將軍儘管用，別滅我口啊。」

孫子衡抬劍把捆住他的繩子給割斷了。

「你可別給我通風報信，要讓我知道了……」

「小的可不敢。」燕惜今笑嘻嘻的抬手往臉上一抹，一張年輕十歲的臉容顯現出來，朝地上跪下行了個大禮。「銀衛三營參謀燕飛見過將軍。」

聽見這個名字，一直安靜的段不離突然愣了一下，轉頭看著燕惜今。

「起來吧，燕飛，你怎麼會在這裡？在查什麼案子？」孫子衡說著突然變了臉色：

「該不會是皇上……」

燕飛——也就是燕惜今站起來擺擺手。

「不是查案子，跟皇上也無關，我正跟皇上告假中，是在查些私人的事，沒想到撞見將軍了。」

「真的？」孫子衡疑惑地望著他。燕飛是銀衛三營的參謀，要說他多聰明也不是，但他這人永遠是一肚子的鬼主意。

「真的，將軍，砍了我也不敢騙您呀，您知道我一直私下在查什麼的。」

燕飛擅長易容、潛伏在市井小民中，時常混入敵營去探聽消息，算是皇上最重用的其中一個銀衛，有幾個戰役皇上派他跟著孫子衡打過，因此孫子衡跟燕飛算是熟識。

他知道燕飛從小就遭遇全家滅門慘案，他只要能告假就一直不停在追查他滿門被滅的原因。

「你在查你家的事？」孫子衡緩了臉色，想起他說過家裡的事。

「是。」燕飛回答：「從來沒停過。」

孫子衡理解他不放棄的想法，換作是他發生這種事，也絕不可能會忘記或者放棄追查這些真相。

孫子衡正想講些什麼的時候，看見燕飛身後的段不離，用著一種有些訝異又有些疑惑的表情看著燕飛。

孫子衡突然間想起，燕飛提起過他有個弟弟還活著，藏在安全的地方好好的生活著。而他也記得段語月曾說過段不離小時候全家滅門的事，現下看著他們倆的臉，他竟從沒意識到他們倆的眉眼如此神似。

燕飛看著孫子衡的臉色，此時才轉身朝身後的段不離笑著。

「還認得我嗎？」

段不離望著燕飛的臉，好一陣子才緩緩的點頭。

「……大哥。」

「真是長大了啊。」燕飛笑著走過去伸手按住他的肩：「長得這麼高了。」

「真沒想到你還活著。」段不離的神情已經是難得的訝異。

「……你還真是我那個二弟，一點都沒變。」

燕飛嘆了口氣，想起他二弟小時候總是一張面無表情的臉，無喜無憂又無情的個性，要不是他們長得像，他爹還以為搞不好這孩子是抱錯的。

「你一直知道我在哪裡？」段不離疑惑地問。

「嗯，我知道你沒死，找了你三年，發覺你在喜樂莊過得很好，我就走了。」燕飛笑著抱起手臂。

「……怎麼不來找我？」段不離皺起眉，他從來就沒理解過他這個親生大哥。

「你又走不了，我帶著你能查事情嗎？我一個人方便多了，你在這三喜鎮上過得很好又安全，我三不五時來偷看你一下，見你好就好了。我去認你，指不定你還嫌我煩。」

燕飛好笑地揉了下他的頭，見他嫌棄的臉色跟小時候一模一樣，燕飛忍不住大笑。

「你那個沒死的弟弟就是不離？」孫子衡雖然猜到了，但仍然大吃一驚。

「大叔是段哥哥的哥哥呀？」蘇鐵一頭霧水。

「嘿，我只大他兩歲，為啥他是哥哥我還是大叔啊？」燕飛好笑地望向蘇鐵。

蘇鐵好奇地看著那張神似段不離的臉卻帶著一臉笑容，一時之間有點轉不過來。

「段……大哥？」

「乖，回去再給你捏糖人。」燕飛笑著也揉揉他的頭髮。

「嗯！」蘇鐵用力點點頭，讓孫子衡牽著，好奇看著後面敘舊的段不離和燕飛。

「七爺，要是月哥哥知道段哥哥還有哥哥會怎麼樣呀？」蘇鐵小小聲問。

「你繞口令啊，哪會怎麼樣，替他高興都來不及了。」孫子衡好笑地回答。

「也對耶。」蘇鐵說著，又替段不離開心。他決定忘記剛剛的血腥事，就像從前很快忘掉的那些一樣，什麼都不記得就好了。

蘇鐵這麼想著，一路開開心心地回去，只想著他一定可以忘掉。

就像從前一樣……

第五回　百年陰謀

三天之後，溫輕鴻帶著那些案卷，和霍青一起來到了喜樂莊。

從孫少璿口中得知了這邊的狀況，有些憂心地開口：

「所以那個人始終沒有開口說一句話？」

孫少璿也很無奈，只好暫時先將他關著，不管怎麼問，甚至燕飛還關了門不曉得用了什麼刑也沒讓他開口。

若他真是司馬家的人，肯定對司馬家極為忠心，寧受重刑也不說半個字，就算是死也沒辦法威脅他。

「是的，所以也無法確定他是主謀，甚至真是司馬家的人。」

孫少璿翻開下一個案卷，兩個人繼續在讀著案卷，試圖想從案卷裡得知石中玉到底是怎麼殺人的。

燕飛跟孫子衡也幫忙查看案卷。對於燕飛還活著這件事，段修平倒是不太訝異，而段語月只愣了一下就接受了，把燕飛當成大哥一樣看待。

段不離不時送茶水點心來給他們，段語月因為好奇也跟著加入查案卷的行列中。

到了晚上，偶爾段不離會聽燕飛講些小時候他似乎還有些記憶的事，只是大多數在他來到喜樂莊之後，回憶就慢慢的淡了。

在大夥休息喝茶的時候，孫少璿望向溫輕鴻。

「你還沒告訴我，那天之後，發生了什麼事？」

溫輕鴻接過段不離的茶道了謝，帶著苦笑想著該怎麼說，好半晌才開得了口：

「就在我回家的那天夜裡，翰林院遭竊，之後我被監察院打入天牢……」

這是百年不見的奇聞，竊賊進得了翰林院，沒進文淵閣卻進了藏書閣竊書。

向來只有學士才會對書有興趣，因此犯人也鎖定在翰林院裡的學士，而當晚出入翰林院的只有溫輕鴻一個人而已。

他在宵禁前匆忙離開翰林院急奔回家，隔天清晨又急忙趕回，這引來了其他人的注意，於是當晚監察院就派人來詢問他，再隔天清晨他已在天牢之內。

「我用盡辦法想見皇上一面，或者見到家人，但卻沒有任何人能幫我。過了三天之後，我開始懷疑根本沒有人知道我在天牢裡。」

溫輕鴻嘲諷地笑笑。

「但我知道遲早會有人來，因為我有個殺手鐧在手裡。」

「你藏起了這些案卷。」孫少璿溫和地開口。

溫輕鴻輕輕點頭。

「過了七天，一個蒙著面的黑衣人到牢裡來，問我把案卷藏到哪裡去了。」

他知道這不是逞英雄的時候，活下去才有機會公開這一切。他只告訴對方如果傷害他或者他的家人，那案卷就會曝光；如果對方不想案卷曝光就要確保他活著，而他只要還活著就會小心的藏好案卷。

對方似乎也不像是要來殺他的，只平淡地說既然他拿走了，最好小心收好，如果這些案卷曝光了，那就不是誅他九族就能解決的事。

黑衣人說完就走了，他鬆了口氣，但隔天就一切人事全非了。

「他們尋到了我的生父。」溫輕鴻帶著全然的哀傷和沮喪。

「生父？你父親不是你外公的門生，在你三歲就過世了？」孫少璿還記得他問過這些事。

「我本來也這麼以為。」溫輕鴻笑得淒涼：「我在那黑衣人來過的隔日，監察御史終於提審我，不問那些藏書失竊，卻問我父親的事。」

他當時一頭霧水地照實答了，但御史大人只是冷笑著帶來幾個人，他認出其中有兩位是他外公的門生，有幾個像是退休的武官。

他們指證歷歷地說，他生父是前北關城門統領江群。

「江群？漠砂屠城案的那個江群？」孫子衡訝異地望著他。

溫輕鴻咬緊了牙，點點頭。

「正是……那個江群。」

那天，他聽見這個消息之後如遭電擊一般，立刻反駁怒斥，他的父親是他外公門生，就是個體弱多病的書生，在他三歲就已經身亡。

但他的心跳卻猶如擊鼓般重重的打在他胸膛上。

他當然知道江群是誰，江群本是邊關名將，勇猛善戰在關外無人不知無人不曉，但在二十六年前，他突然大開關門，番人如入無人之境般燒殺擄掠，造成漠砂城裡死傷無數，而他亦被憤怒的民眾抓住焚燒而死。

在京裡沒有人不曉得這件事，江群從一代名將變成了叛徒。

「我第一次聽到江群的事也開口評論過，但被我外公責備了。」

溫輕鴻輕輕地嘆了口氣。

「他要我別聽信謠言，不要相信表面，更不要去評論，我只需要知道江群是我朝最了不起的名將即可。」

他抬起頭來望著孫少璿。

「起初我不懂為什麼，但我外公這麼說我就這麼信，自此沒有再評論過江群的事。」

但不評論不表示他不在意，在好奇心的驅使之下，他查閱史實發覺那個著名的漠砂城血案有眾多的疑點。

那日番人趁夜突擊，包圍了漠砂城三天三夜，江群死守著不開關門，就在糧草即將斷絕之時，江群突然開了關門讓番人入內，造成死傷無數。

但他查閱了公開的紀錄，漠砂城人口一千八百六十三個人口，在屠城之後隔年，城裡人口有一千八百七十二個人口，人數不減反增，這表示前一年所謂的屠城並沒有真的傷害到很多百姓，被殺的都是守城的人馬。他再細查發現守城的官兵幾乎全滅，只有十八個人活著。

據說那十八個人是殺開血路出去求救，也就是這十八個人說江群打開關門讓番人屠城的。

他當時覺得奇怪，這十八個人的傷勢不重，只是連夜逃亡疲勞過度而已，後來帶援兵回去的時候，漠砂城已幾乎是一片焦黑。

那個殺出血路出去找援兵的中軍校尉，現在已是京城禁軍校尉，正是太師司馬桂的次子司馬鋒。

他正感到這事有些不對勁的時候，被他外公發現他在注意這事，被斥責一頓之後禁止他追查下去。當時他正準備殿試，就只好這麼放下了。

溫輕鴻淡淡地笑著。

「直到我跪在監察御史面前，我才突然間懂了外公為何在我面前如此維護江群。」

但他知道此時無論如何也不能認，而御史大人也沒逼迫他，當時只平淡地說，或許他不知道自己身世，讓他回家詢問他母親。

說實話這舉動是極為可笑之事，等於是把疑犯放回家和家人串供。但他懂御史大人的意思，這是個威脅，不管那些案卷裡頭牽連有多大，他知道至少監察御史是牽扯在內的。

他在回家途中就做了決定，他請求母親出家，求他外公辭去翰林院學士之職並與他斷絕關係，他會認下盜走藏書之罪以保他全家性命。

他外公就是一輩子的老學士，只懂得讀書、講道、修史、擬詔。他不汲於名利從不爭權，前幾年想告老退職，皇上沒准，讓他改為顧問之職，所有學士有疑問都得上門來請教他外公，那是他外公這一生的驕傲。

但為了他一時的好奇心招來的橫禍，外公放棄了這一切，辭去了顧問之職，對外宣稱與他們母子斷絕關係，因教孫無方閉門思過，從此溫府不再敞開大門。

他母親被迫出家，前往深山寺廟裡負罪思過，而他認了罪，理應被革除功名遣返回鄉。

就在他覺得也許這一生只得守著那箱案卷保命，在鄉下教教書當個夫子的時候，皇上突然召見他。

他不知道這會是危機還是轉機，他原以為在太子離開之後，皇上不會記得一個翰林學士供奉，更何況一宗藏書被盜的案件不可能會呈到皇上跟前，但皇上卻注意到了。

他在上御書房晉見皇上之前，他又見到那個黑衣人遠遠地望著他，腰上別著一把亮晃晃的刀，手上拿著的是他母親常披在身上的那件湖綠披肩。

他盡量維持平靜的走進御書房，跪倒在地向皇上告罪，當天除了皇上以外，御書房裡還有幾個人在。

「監察御史刑世民，太師司馬桂，太傅宋學平還有六王爺。」

說到此，溫輕鴻輕笑了笑望向孫少璿。

「殿下，您覺得皇上不在意真相，但其實不是，皇上救了我一命。」

孫少璿挑起眉來，溫輕鴻只輕聲說下去。

「我二話不說地認了罪，御史大人請求皇上除我功名將我放逐關外，但皇上跟殿下一樣，問我盜了哪些書，我說不出來，只求皇上降罪。」

溫輕鴻擔心的是他母親和外公的性命，太師和六王爺都是老狐狸，臉上神情看不出異狀；太傅一直相當看好他，老學士的臉上出現的只有焦急和婉惜；而監察御史那張總

是似笑非笑的臉上有著警告和一些得意，只向皇上稟告此事不只盜書之罪，他的生父是江群，按理來說他此等出身沒有殿試的資格，而他隱瞞出身參加殿試之舉無可饒恕。

但出乎意外的，皇上沒有再追問盜書之事，也沒有革除他的功名，輕描淡寫地說盜書只是小事，人總有一時糊塗的時候，只革了他的職位命他回到家鄉。

他一臉茫然地說他家鄉就在京城，皇上卻笑著說，你爹的家鄉——東萊城。

監察御史愣了一下，急著想讓皇上考慮，皇上當時笑望著監察御史說：

「出身又如何？他能選擇要投哪個胎嗎？若只靠爹娘身分來決定這人該做什麼的話，你覺得朕這個皇位……該由誰來坐？」

皇母是先皇當初為了和關外各國聯合起來對抗番人而迎娶的燕國公主，因此在先皇立太子之前，也有老臣認為考量血統純正，該立二皇子為太子才是。但先皇十分疼愛太子也敬愛皇后，當場暴怒將那位大臣逐出，自此無人敢提太子的血統。

那天最後嚇得最嚴重的應該是慌忙跪下告罪的監察御史，溫輕鴻覺得自己在那個時候想笑一定是瘋了。

那天他謝了恩之後，皇上看了他一眼，語氣溫和地說：

「在家鄉好好反省，不要辜負太子對你的期望，有朝一日或許你會有機會跟太子親自告罪。」

孫少瑢聽到此倒有些訝異，皇兄當然不可能知道他會到東萊城來，那顯然意思是要溫輕鴻忍辱負重，將來若自己回京之後想起了這人，定會想盡辦法將他弄回京裡。

「之後，我就到東萊城了。」溫輕鴻輕聲開口。

「這麼說來，你到東萊城任職師爺，可是皇上安排的？」孫子衡問他。

「這我並不曉得，我一進東萊城，知府大人就等著我了，他雖然從未提過，但若要我猜……」溫輕鴻輕聲道：「應該是六王爺安排的。」

「我父王？」孫子衡愣了一下，隨即意會過來。「顧仲懷……難怪我當時聽得耳熟，他是武將出身？」

「是，知府大人看來雖是書生模樣，但實是武將出身。」溫輕鴻恭謹回答。

「這麼說來，連我父王都覺得漠砂屠城案，江群是無辜的嗎？」孫子衡像是喃喃自語地說著。

「想來沒法子辦這案，肯定也是司馬桂的關係吧。」孫少瑢皺著眉，想起那老傢伙

他就一肚子火，但連他皇兄也抓不著司馬桂的痛處，確實很難辦他。

「若不是先皇突然駕崩，他當時已有辦司馬桂之心了。」溫輕鴻無心說了句。

提起先皇，孫少璿就憶起當時他父皇是怎麼拿著劍朝他刺去，他皇兄是怎麼衝過來護著他，因而……

「少璿。」孫子衡喚了他一聲。

孫少璿抬起頭來，孫子衡只是語氣溫和地開口：「別想那些事了。」

「臣該死，臣不該提起先皇之事。」溫輕鴻說著又要跪下，被孫少璿又好氣又好笑地拉起來。

「就叫你別老跪我了，這又不是在宮中，要跪以後回宮裡多的是時間跪。」孫少璿故意瞪著他：「下回再跪一次，就罰你一兩。」

溫輕鴻愣了一下，然後笑了起來。

「是，輕鴻會小心不被罰的。」

「這才對。」孫少璿好笑地說著，又抓過一卷新案卷。

段語月這時突然間開口：「我覺得這些案卷裡有個共通點。」

「什麼？」孫少璿愣了一下：「小月你看出什麼了？」

「這些人都有權有勢。」段語月認真回答。

所有人愣了一下，孫子衡笑著說：「不有權有勢，怎麼會被滅門，錢財被洗劫一空呢？」

「當然，可是他們都有錢有權到足以篡位。」

段語月回答，拉出溫輕鴻的紀錄卷紙。

「在太祖治國的那五十年間，石中玉的事件特別多，太祖剛登大位，國難未平，想乘機奪權的人可能多的是。」

「你是說，石中玉是太祖鏟除異己的藉口？」孫少璿皺起眉來，雖覺得段語月說的太過驚奇，但以皇家記載裡太祖的紀錄來說，這也不無可能。

「這只是我的猜測，我得要看到石中玉才能知道事實。」段語月說著：「但大哥記得墨說的話嗎？他說那些金刀營的人帶著一個百年怨魂，我猜是傳說裡的巫女。」

「所以若這巫女真有其人，那她是真在復仇，還是被利用？」孫子衡疑惑地望著段語月。

「我還是只能說，等我拿到石中玉才曉得。」段語月的語氣也很無奈。

「石中玉不在那個被我們抓住的人身上，他肯定還有其他同謀。」孫少璿很嚴肅地開口。

「只可惜他不肯說半句話。」孫少璿嘆了口氣。

所有人都帶著不安的心緒，繼續查看案卷，只擔心這石中玉到底流向何方。

隔日中午，所有人都在忙，段語月覺得有些乏了，手挽著他爹嫌熱脫下的外衣，走過後院正想回屋裡睡一覺，就聽見有人在敲門。

「月哥哥，月哥哥。」

他聽是路口賣菜姑娘的聲音。她叫張蓉，帶著年幼的弟弟和體弱的寡母，獨自種著一畝小小的田，自己賣菜，段不離每天總跟她買菜，對她們姊弟很好。

段語月把門打開，果然是張蓉，她此刻看起來十分緊張。

「月哥哥，我、我娘病了，你可以、陪我去看她一下嗎……」

張蓉不太會說謊，一張小臉蒼白得讓段語月心疼。

「妳等等我，我馬上就來。」段語月伸手揉揉她的髮。

但張蓉一下子拉住他的衣袖，似乎不想讓他離開。

「月哥哥，我們現在走吧！」

「妳別急，我把我爹的衣服放回房裡，偷偷跟妳出門，不讓妳不離哥哥知道，好嗎？」

段語月伸出手指豎在脣間，張蓉才放下心來點點頭。

段語月也沒敢走太遠，只把手上拿著的外褂放在房裡桌上，拿起桌上未乾的墨筆，沾了點墨在紙上寫了個「助」，摺成一小團塞進袖口，趕緊出了門。

段語月不敢聲張，只怕張蓉的家人會受害，他放輕氣息出門，他總有法子讓段不離以為他睡了。

段語月小心地走出門，關上後門，牽著張蓉走出去。

「小蓉，妳聽過我不能離開妳段哥哥的事嗎？」段語月問著張蓉，她小心的點頭，

三喜鎮上人人都聽過這件事。

「那現在月哥哥跟妳說，這是真的，等下要靠妳牽著我了。」段語月已經覺得神識有些模糊了，只感覺到張蓉緊緊牽著他的手，應了聲。

「小蓉知道。」

在走過一個井邊的時候，段語月用著殘存的意識，把手裡的紙條扔進井裡，就再也不記得任何事了。

張蓉只覺得段語月越來越安靜，到後來連跟他說話也不會應，心裡更是害怕，要是自己把段語月交給那些人會怎麼樣，但她只有一個弟弟，她沒有選擇。

張蓉帶著段語月走了一里多，走進一片樹林裡，裡頭一個人探出頭來，往她身後打招呼，她這才發現身後有人一直跟著。

「我、我把人帶來了，把我弟弟還我。」張蓉顫抖著，但很堅強地開口。

「別急，妳也來待一會兒，晚些就讓你們姊弟回去。」那人只冷酷的指使她帶著段語月走進樹林裡，最後帶著他們進到一個山洞。

她進到山洞之後就看見她弟弟坐在角落裡哭著，不由得放開段語月的手直奔向她弟弟。

「小義！」

姊弟倆抱在一起哭的時候，她看見一個男人走到段語月面前，一臉不懷好意。

「這傢伙真的美得不像男人。」

說著伸手就想去摸他的臉，她連忙衝過去攔在段語月身前。

「不要碰月哥哥！」

「唷，這麼有種，那妳來代替如何？」那男人笑著，張蓉才十二歲的小姑娘，只能嚇得抱著段語月不放。

段語月只是抬手按著她的肩，低頭朝她笑笑，再抬首望著那男人的神情，是說不出的淡然，彷彿神祇一般的神聖。

「嘖，真沒興致。」那男人轉身去找其他人。張蓉把弟弟也叫過來，三個人一起窩在牆角邊坐著。

張蓉注意到山洞裡有三個人，外面還有一個，沒多久又進來三個人，她更緊張了。

其中一個人一副書生模樣，看起來不像會武功，朝段語月看了一眼，走到他身前蹲

下來端詳他，張蓉更害怕地抱緊段語月。

但那書生只是伸手在段語月眼前晃了晃，見他沒有反應，也沒說什麼，站起來走到一旁和其他人商議些什麼。

這雖然只是個山洞，但是桌椅茶水齊全，看來這群人像是在這裡待很久了。

張蓉仔細的觀察，一轉頭卻見那個書生在看她，她連忙低下頭。

那書生開了口，語氣顯得有些冰冷，但說出來的話聽起來卻帶點溫和。

「妳乖乖的不要亂想，晚些我就放你們姊弟走。」

「那、那月哥哥呢……？」張蓉小小聲問。

那書生歪著頭看了看她，過了會兒才開口：

「我只是拿他來交換我的人，人換到就會把妳月哥哥還回去了。」

「真的嗎？」張蓉一下子開心起來。

「怎麼？妳還要我立誓？」那書生語氣仍然冰冷，聽不出是嘲諷還是認真的。

張蓉連忙把頭低下來不敢再問。

過了一會兒，那書生和另外一個人走出山洞。張蓉發現他一走，山洞裡最後跟來的一個瘦高個兒一直盯著段語月不放。

「你別看了，怎麼看也是個男人。」另一個人嘲諷地說著：「我看著看著就沒興致了。」

「娘的，老子三個多月沒碰女人了，一直窩在這山裡都快憋慌了，沖著這張臉，男的也行了。」

那瘦高個兒說著就朝段語月走過去。

張蓉嚇得連忙攔在段語月身邊張開雙手，急忙往山洞外看，但那書生似乎沒有要回來的樣子，她一咬牙對著那瘦高個兒說：

「你、你不要碰月哥哥，我、我代替他。」

「老子對小孩才沒興趣。」

那瘦高個兒說著就拉住張蓉細瘦的手臂把她扔到一邊去。她跌在另一個男人跟前，那男人笑著按住她的肩。

「這麼早就想男人了，那我也來代替好了。」

張蓉嚇得連尖叫都叫不出聲，而一旁的瘦高個兒伸手正要碰上段語月的時候，突然

感覺到山洞裡一陣水氣飄了進來。

按理說就算下雨了，水氣也不會這樣飄進山洞裡，他們倆正感到疑惑，一陣大水衝進了山洞內。在他們以為自己出現幻覺的時候，大水就繞過了段語月和張蓉，活生生淹沒了那兩個男人，慘叫聲迴繞在山洞裡。

張蓉幾乎被嚇呆，大水還迴繞在空中，在她面前憑空就出現了一個黝黑的孩子，朝她開口道：「快帶他走。」

張蓉意會過來，一手扶著段語月，一手抓著弟弟，趕緊跑出了山洞。一出山洞就看見一個中年大叔用著溫和的笑容指著一個方向。

「往那裡去，小心點別摔了。」

「謝謝大叔救命之恩。」

張蓉說著，拉著段語月和弟弟朝大叔指的方向跑去。聽見後面有人吶喊著人跑了，但在雜亂的腳步聲裡，僅聽見一陣陣的水聲和慘叫聲。張蓉不敢回頭看，以為是龍王來救他們，一心只想帶段語月回家。不曉得為什麼，山裡人越來越多，嚷著：「人在哪裡？」、「快找。」

她的小臉蒼白著，聽見腳步聲靠近就拉著段語月坐下，把弟弟緊抱在懷中，躲在草叢裡等著人聲過去。

就在她第三次聽見腳步聲離去的時候，她拉著段語月急忙站起來，想跑的時候她被一顆石頭絆了一下直摔在地上，連帶段語月也摔著了。

她嚇個半死，也不顧自己膝蓋擦傷了，腳也扭了，連忙把段語月扶起來，哭著說：

「段哥哥對不起，對不起。」

她弟弟見姊姊摔得狼狽，忍不住大哭起來，她還來不及掩住弟弟的嘴，就聽見背後傳來一個重重的腳步聲。

「原來在這裡。」

她嚇得回身就擋在段語月身前，嚇得連哭都哭不出來，雖然顫抖著，卻還是很堅強地張開小小的手臂護著段語月。

「要、要殺就、就、殺我吧。」

「礙手礙腳的，我先殺妳弟弟，再殺妳。」那個人說完就像抓隻小雞般地提起她弟弟。

「不要——」張蓉慘叫著，此時她感覺到段語月的手環住了她的肩。

「別怕，沒事的。」段語月溫和的嗓音從身後傳來。

她回頭一看段語月的神情已經恢復到原來的模樣，雙眼也有神起來，她愣了一下，又緊張地回頭看著弟弟。

那人見段語月突然說起話來也愣了一下，然後有些驚慌地想把刀架在手裡孩子的頸子上當人質的時候，一根鐵棍飛過來直敲到他腦袋上，那人馬上昏迷不醒了。

張蓉驚叫了一下，連忙去把摔在地上的弟弟抱起來，然後看見一雙長腿，她抱緊弟弟抬頭往上看，只看見一張神似段不離的臉朝她笑著。

「小ㄚ頭挺勇敢的。」

那人只摸了下她的頭，就飛身往另一邊去了。她愣了一下，再回頭就看見段不離站在段語月面前扶著他起身，伸手拍掉段語月衣服上的泥巴。

張蓉一顆心鬆懈下來的時候，也大哭了起來。

「段哥哥對不起，對不起我不是故意害月哥哥的。」

段不離讓段語月站好，走過去把她扶起來，伸手揉揉她的頭，溫和地開口：

「妳很勇敢，也替我保護了小月，謝謝妳。」

張蓉擦著眼淚，才一個眨眼，那個神似段不離的人又飛了回來。

「抓到了，看來沒事，我先送這兩個孩子回去，你帶著小月吧。」燕飛笑著，一手抱起張蓉的弟弟，一手環著張蓉的腰。「ㄚ頭，抓緊我的肩，哥哥帶妳飛。」

張蓉緊張地抱緊了燕飛的肩，在飛起來的時候，看著段語月朝她溫柔地笑著，才抹著眼淚，把頭靠在燕飛肩上啜泣著。

段不離回身去查看段語月身上的傷，段語月僅搖搖頭。

「我沒事。」

但一看段不離的臉色，就知道他氣到不行，段語月只好軟聲軟語地說：

「他們有人在監視，我怕小蓉的弟弟受害，所以才跟著走的。」

「你可以先讓我知道！你知道為了你，孫少璿動用了官府的關係，現下可能傳到京裡去了！」

段不離難得厲聲責備他。

段語月一聽臉都白了，只低著頭不知道該說什麼。段不離又更嚴厲地說道：

「難道你以為我知道了這事還會不顧小蓉跟她弟弟的性命嗎？」

段語月好一陣子才抬起頭來，眼眶都紅了。

「對不起，我下次不會了。」

段不離看得出來極為憤怒，胸口急速起伏著，最後伸手緊抱住他。

樹林裡到處傳來的腳步聲慢慢的散去，變得安靜下來，只有風吹過樹梢的聲響和鳥鳴聲。

「你沒做錯，為了你，不管是誰的命我都不會管。」好一陣子，段不離才沉聲開口：「我寧可讓她去死也會保住你。」

「不，你不會，我知道你不會的。」段語月抬起頭來，柔聲開口：「你已經變了，不是從前那個模樣了。」

段不離不記得自己「從前」是什麼模樣，段語月也不曉得自己為什麼這麼說，兩個人只是凝視對方的雙眼，似乎可以看見許多零星的片段。

烽火連天的戰場、他們互相爭戰、他們成為好友、他們一起過的日子……

段不離先閉上眼睛甩了甩頭，然後抬頭再望去，那些片段都不見了，他嘆了口氣，柔聲開口：「我們回去吧。」

「嗯。」段語月應著，讓段不離牽著他的手，一步步走出樹林，他們不願去想那些不屬於這一世的事，他們都只想把握好這一世，只想回到他們的家。

喜樂莊裡，孫少璿確認了段語月沒事，便打發走了那些官兵，面對著那個異常冷靜的書生，燕飛跟孫子衡站在他身後。

那書生倒是直接跪下行了大禮。

「草民慕容堯叩見太子殿下。」

孫少璿挑起眉，倒沒叫他起來，開口道：「你可知罪？」

「草民知罪。」慕容堯應著，語氣恭謹。「但草民有一事想與殿下商議。」

「你覺得你有談條件的本錢？」孫少璿笑了起來。

「草民自知有一件殿下想要的事物。」慕容堯抬起頭來，直視著孫少璿：「還有一個真相。」

站在孫少璿身後的燕飛見他這樣直視孫少璿，正想上前喝斥，被孫少璿抬手阻了，他笑著問：

「說說你想要什麼？」

「草民要殿下手中，那個人的性命。」慕容堯認真回答。

孫少璿只裝聽不懂，笑笑地問：「我手上人可多了，叫什麼？說來我聽聽。」

「……司馬佘，這個名字對殿下來說應該夠了，其他的就請殿下答應我之後再議了。」

慕容堯只遲疑了會兒，就說出了孫少璿想要的答案。

孫少璿好笑地回答：「你怎知我不是要這名字就好？」

慕容堯低下頭去，淡笑著。

「我相信殿下需要真相。」

孫少璿倒沒回答他的話，只道：「司馬佘，還真是個好名字，他爺爺給他取的？」

「是。」慕容堯這回毫不猶豫地回答。

「余、餘，還真是個多餘的。」孫少璿有些嘲諷地說：「你對他如此忠心，又這麼輕易的願意跪我，想必是對他如此死忠於家人感到不滿？」

慕容堯的神情有點變化，但仍然堅持著他的要求。

「只要殿下答應草民，那草民絕對對殿下知無不言。」

「你怎知我不會食言？」孫少璿倒真有點好奇。

「君無戲言。」慕容堯簡單回答。

「我可還沒當上皇帝。」孫少璿笑道。

慕容堯只是恭敬地說：「殿下遲早得登大位，總不好日後給人留下話柄。」

孫少璿悠閒喝了口茶，才緩慢說道：「我若殺了你倆，誰又能知道我曾食言？」

「若草民覺得殿下是這種人，被擒之時便已自盡，讓真相永遠石沉大海了。」慕容堯毫不遲疑地回答。

孫少璿笑了起來。

「就算我讓他活著，但死罪可免活罪難逃，你懂得吧。」

「草民懂得，草民只求留他一條性命。」慕容堯的臉色看起來有些遺憾。

「留他一條命，把他關押大牢永不見天日，你也願意？」孫少璿倒真對這個人有些好奇。

「這是他應得的，也好讓他反省自己做過的事。」

「你既反對他做的事，又為何不阻止他？」

「草民試過，但他對家人太過忠心……草民阻止不了，理應與他同罪。」慕容堯說著低下頭來。

「所以你認為跟他關一起互相反省，就是你們倆能得到的最好終局？」孫少璿好笑地說。

「草民認為，若能為殿下效力，可比關進大牢來得對殿下有用處。但司馬能逃死罪已是大幸，草民不求其他。」慕容堯臉色不變地回答。

「那你自己呢？」

「草民與他同罪，任殿下發落。」

「好。」孫少璿笑道：「我讓他活著，但你倆怎麼發落就是我的事，我既答應你就不會食言，把東西交出來。」

「謝殿下恩典。」慕容堯帶點感激說道：「請殿下給草民筆墨，草民立即為殿下制圖。」

慕容堯的工筆相當不錯，簡單幾筆就描繪出山洞邊的那片山林，並且做了記號。

孫少瑢讓燕飛拿著圖去找東西，又轉向慕容堯道：「那把石中玉的事也說說吧。」

「殿下可知巫皇后之事？」慕容堯問。

「略知一、二，就把你知道的說說。」

孫少瑢也不想讓他曉得自己知道多少，要他儘管說。

原來，當時太祖傳說裡，巫女的事是真實的，但不一樣的地方在太祖當時是說服巫女毒死了全村人，才帶走了巫女和聖石。

巫女對太祖一往情深，又對殺害村人一事感到內疚，她用她和聖石的力量去助太祖爭戰天下，太祖就一路帶著她屢戰屢勝。

然而得勝之後，太祖娶的皇后卻不是她，也沒給她任何封號，只蓋了所巫祠給她居住，讓她天天祈禱國泰民安。她也不求皇后之位，對太祖也心死了，日日夢見村人來索命，她熬不住愧疚的煎熬，最後自盡在巫祠裡。她的鮮血染紅了聖石，怎麼也洗不掉，

竟成為一塊暗紅色的石頭，就是後來的石中玉。

太祖不太關心巫女的生活，巫女也不願意讓人伺候她，等到宮裡人發覺她死了，通報太祖的時候，她的屍身已經幾乎腐爛，而且骨瘦如柴。

太祖終歸有些愧疚，但又怕那塊染紅的聖石，皇后也略懂巫術，便讓人將巫女的魂魄囚禁在聖石之中，封了她的屍身，讓她無法離開石中玉。

皇后給他起了個主意，現在王朝尚未穩定，她讓太祖把巫女的傳說跟得石中玉可得天下的故事傳出去，訓練起金刀營和銀衛營，讓金刀營去祕密探訪，凡有尋找石中玉者，便全家滅門。

太祖在位五十年來，竟滅了二十餘戶，將近三百條人命。

太祖的大位確實也因此坐得安穩至極，他死前便將金刀營和聖石的事告知太子，金刀營這個任務便這麼堅持了下去，直到先皇為止。

「先皇因為突然駕崩，沒有將金刀營傳給皇上，而那任的金刀營長正是司馬桂的私生子司馬舍，他們趁皇上不知情的時候，將金刀營整個撤出，利用石中玉的傳說，想暗殺太子，逼皇上退位拱三皇子上位。但太子卻突然離開東宮，因此計畫暫時停擺。在司馬舍死去後，司馬余接替了金刀營營長之位，其餘老將並不支持他，有的不願再做此等傷天害理之事，有的不想聽他命令，於是逃離的人數眾多，其中一人還帶走了石中玉。我們追著石中玉的蹤跡走，在北宜城裡找到了柳霜霜讓她助我，最後我們在途中才發覺太子就在三喜鎮裡，回報之後，司馬桂下命令要我們暗殺太子。最後雖然我們找回了石中玉，但結果……殿下已經知道了。」

孫少璿並沒有太訝異，這些段語月都猜到了，但乍聽之時還是令他怒火中燒。

燕飛這時候回來了，帶了個精巧的盒子給孫少璿，他翻來覆去地看，燕飛說明：「這盒上有個連環鎖，要是沒正確的解開，盒子連同裡面的東西，會一起粉碎。」

孫少璿把盒子扔給了慕容堯。

「打開它。」

慕容堯接過盒子，帶些哀求的語氣開口道：「請殿下讓我見他一面。」

「打開它，我讓你見他。」孫少璿說道。

莫容堯沒什麼猶豫，兩三下打開了那個盒子，燕飛接過打開確認了沒有危險，才拿給了孫少璿。

孫少璿在解放龍王那一次曾看過這塊石頭，結果繞了一大圈，這石中玉又回到他手裡了。

「把司馬余帶上來。」孫少璿吩咐著，燕飛便下去押上了司馬余。

本來一直冷靜無語的司馬余，在看見慕容堯跪在孫少璿跟前，而孫少璿手邊放著那石中玉的時候，他暴怒了起來，狠狠瞪著慕容堯。

「你背叛我！你居然背叛我！」司馬余怒罵著。

慕容堯只冷靜回答：

「我保住了你的命，我沒有背叛你，會棄你於不顧的是誰，你心裡有數。」

「我能為他們去死！你算什麼！你以為你算什麼！」

司馬余怒罵著，瞪大的眼睛裡布滿了血絲，神情狠厲。若不是他周身大穴被封住無法動武，燕飛又死死地按住他，恐怕他早已衝過去掐死慕容堯。

慕容堯此時哀傷又自嘲地笑了笑。

「我確實不算什麼，就是個對你忠心耿耿的你睡過的男人而已，保住你的命已經是我能做到的最大極限了，你若想為他們去死，我無可奈何。」

孫少璿這才懂為何慕容堯對司馬余忠心到如此，原來那不是忠心而是情感。

一旁的孫子衡有些訝異地望著他們，沒想到真有男人會在一起，而燕飛則已經見怪不怪了。

司馬余回答不出來，最後死命地折了自己的胳膊也要爭脫燕飛的箝制。但並未真的去掐死慕容堯，而是用盡全身的力量撞向一旁的牆，若不是燕飛手快，臨門拉了他一把，減輕了力道，他怕早已撞牆而死，但這一撞不死也僅存半條命了。

孫少璿站了起來，有些訝異地望著司馬余。孫子衡正要去叫段修平過來的時候，段語月就衝了進來，替司馬余查看傷勢。

慕容堯呆立在原地，許久才慢慢站起來走去跪坐在司馬余尚存一息的身體前，臉上的神情哀悽，似乎連眼淚也流不出來了。

「你想報仇嗎？」

許久，慕容堯才聽見這句話，抬頭一看是燕飛說的。

「你想報仇嗎？」燕飛直視著他，又重複了一次：「對司馬桂。」

慕容堯過了良久才點點頭，再抬起頭來的時候，哀悽的神情裡多了些堅決。

「我要復仇，你們用得上我的，我保證等事情解決之後，會自願接受制裁，絕不推託。」

「很好，我會盡力保住他的命。之後騰個地方給你們住，但會找人監視你們，需要你的時候，我隨時找你，你沒有意見吧。」孫少璿開口道。

「謹遵殿下的吩咐。」慕容堯轉了個方向，朝著孫少璿跪拜。

段語月讓燕飛馬上帶著他去找段曉蝶，孫少璿讓慕容堯一起去了，當然還跟著幾個易天容的手下。

孫少璿在他們走後嘆了口氣，蘇鐵見柱子上染滿了血，打了個冷顫，連忙去提熱水來沖刷，讓段不離給阻了，自己清理著牆，蘇鐵幫忙不停的換水。

在慕容堯他們走後，孫少璿只覺得滿心憂慮。

段語月則受到了很大的衝擊，他沒想過原來男人跟男人是會在一起的。

他看著慕容堯方才絕望的神色，不禁想起自己若失去段不離會是什麼樣的感覺。但他發覺自己不敢想，也想像不到那該會是種怎麼樣的絕望。

這麼久以來，他跟著段不離就像兄弟一樣，雖然有時候段不離靠近他，他會感覺心跳變得沉重，一下、一下地敲擊在他心口，但他從來沒多想些什麼。有時候段不離才稍微靠近他就離開了，像是在閃避些什麼。

他一直不懂，他從來也不懂。

但現在他似乎懂了，在某些時候，段不離那些充滿了情感的凝視，那些只有自己看得見的溫柔笑容，那並不是給兄弟的。

而自己居然一直都沒有察覺過。

「小月。」

孫少璿見他一直愣愣的站在那裡，忍不住叫了他一聲，段語月忙回過神來。

「大哥。」

「原來你一直在門外，剛剛沒好好問你，你沒事吧？」孫少璿笑著問他。

「我很好。」段語月坐在孫少璿身邊，臉上充滿了歉意。「聽說大哥為了找我，動用了官衙的力量，我感到很抱歉。」

「無妨，若不是我來到三喜鎮，也不會給你倆添這麼大麻煩，說來都是我的錯。」

孫少璿嘆了口氣，又有些好笑地說：

「幸好你沒事，要是你出了什麼事，我要如何跟不離和你爹交待。」

「大哥別這麼說，是我自己不好，不離唸過我了，我下回無論如何會先想辦法通知你們的。」段語月有些歉疚地回答。

「沒事的，那對姊弟也沒事就好，你好好休息，別操心我這裡的事了。」

孫少璿朝他笑笑，轉身和孫少璿走了出去。

「月哥哥。」蘇鐵跑了過來，趴在段語月腿上，認真地開口：「二爺有準備的，若是陛下真的召他回宮，他能應付的。」

「嗯。」段語月點點頭，笑著摸摸他的頭，蘇鐵也回了個可愛的笑容，轉身又跑出去提水。

段不離把手給洗了，走向段語月，見他憂心地朝孫少璿離開的方向看，開口道：

「他不想你再插手這麼多了，你被帶走的時候，他嚇得沒比我輕。」

「我下次不敢了。」

段語月更愧疚地望著段不離，卻又想起自己方才所想的事，馬上又低下頭避開了段不離的目光，只覺得心跳一直加快。

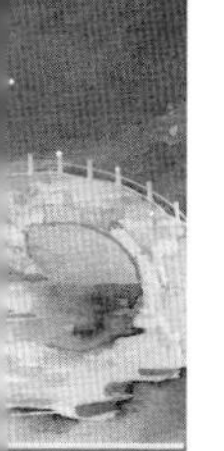

「小月，我知道你覺得這是天命，但不是什麼事你都管得了。」段不離卻毫無所覺的蹲在他面前握著他的雙手，直視著他的雙眼。

「但若真有天命，你就是我的天命。」段不離語氣相當溫柔：「就算終有一日，我們魂魄能拆離，我也不會離開你的，所以你也不許離開我。」

段語月微微笑了起來，伸手抱住段不離，緊緊地抱住他，開口輕聲道：

「我不會離開你的，我們會一直在一起，直到死去。」

直到死都不能將我們分開。

他懂了，這回真的懂了。

尾聲

七天之後，皇城來了聖旨。

燕飛展開聖旨的時候，被孫子衡瞪了好幾眼。

燕飛只能當作沒看見。這麼大的事，他不通報皇上肯定是死罪，況且柳州知府早就飛鴿傳書到京裡，不曉得告知多少人東宮太子在這裡了。

但聖旨的內容讓孫少璿想都沒想到他皇兄還有這一招。

「宣——東萊城師爺溫輕鴻與喜樂莊段語月進京面聖，欽此。」

段語月愣了一下，望向孫少璿，見他也是一臉訝異，才曉得他也不知情。

而記得接旨的只有溫輕鴻。

燕飛在溫輕鴻接旨之後轉身就跑，孫子衡提劍在後面追，一路打鬧出去。

孫少璿此時神色凝重，如果皇上宣的是他，那他還有推託的可能，但皇上卻宣了溫輕鴻和段語月，這下他想不回去都難。

段修平這時走了進來，笑著對段語月和段不離說：

「你倆也沒進過京，跟二爺去見見世面也好，有機會的話，還請二爺帶他們參觀一下巫皇后的陵寢。」

說完要走的時候，又回頭說了句：

「當然，你們進不進去都好，隨你們了。」

段修平說完就出門了，段語月和段不離互望了一眼，都懂了他們魂魄拆離的方法，就在石中玉與巫皇后陵寢裡了。

孫少璿雖然沒聽得很懂，但大概理解段修平希望他想辦法帶他們倆進陵寢，只道：

「我會想辦法。」

段語月點點頭，想說什麼的時候被段不離給阻了。

「你先回房去休息一下，晚些再說。」

段語月只猶豫了會兒，最後朝孫少璿笑笑，就轉身離去了。

段不離也沒顧及溫輕鴻還在屋裡，對著孫少璿認真地開口：

「我當你是兄弟，我當時是相信你才將小月交給你。」

「我知道。」孫少璿也認真回道：「我很高興你的信任，你想說什麼就說，別忌諱任何事。」

段不離也毫不客氣地開口道：

「我要你知道，為了小月我可以什麼都不顧，不管是誰的項上人頭我都能取，我不這麼做是因為小月。若是小月受了什麼傷害，就沒有人能阻止我了。」

「我知道，相信我，我知道的。」孫少璿更認真面對著他。「只要你信我，我不會讓任何人動小月一根頭髮。」

「我信你。」段不離只簡短說著，轉身也離開了屋裡。

溫輕鴻有些憂慮地望著孫少璿：「殿下，他──」

「他是我兄弟。」孫少璿也認真看著溫輕鴻：「輕鴻，你記著，他是我兄弟。」

溫輕鴻似乎理解了什麼，只點點頭，低頭回道：「輕鴻知道了。」

孫少璿又笑著拍拍他的肩。

「輕鴻，我們要回京了，回京之後，我馬上讓皇兄恢復你溫府榮耀，接回你母親。」

「真的……可以嗎？」溫輕鴻紅了眼眶，想到自己要回京了，還是跟著太子殿下，心裡有些不敢置信。

「你當我是誰？我可是東宮太子。」孫少璿笑著輕敲他的頭，也轉身離開了屋子。

剩下溫輕鴻一個人，呆呆站在那裡。

他不禁回想起那天離開了御書房之後，有種恍如隔世的感覺，那個黑衣人當然已經不在那裡，他呆愣了很久才慢慢走出去，出宮的路上遇見六王爺的轎子。

他低頭閃開讓六王爺的轎先行，但六王爺掀了轎簾朝他招手。他按下驚慌的情緒，緊張地靠近了轎邊，一向嚴厲的六王爺，語氣卻意外的和藹。

「你只需記得，你父親是個英雄。」

溫輕鴻紅了眼眶低頭送著六王爺的轎，回家去和母親、外公做最後的相聚。隔日清晨母親前往連他都不知道在哪裡的深山寺廟，而他要出發前往東萊城，往後一向車水馬龍般的溫府大門就要深鎖。

他最後一次跟母親請安的時候，他母親用著顫抖的手，給了他一紙血書。

那紙血書上還有著火星落下時燒出來的洞，焦黃的灼邊染著血跡，他透過信紙似乎可以看見當天漠砂城內瘋狂的殺戮和漫天大火。

他顫抖著打開那紙血書，眼淚矇矓了視線，淚水落在他父親的血跡上，一片模糊。

「死有重於泰山或輕於鴻毛，為吾皇及百姓我死不足惜，只願我兒一生平安和樂，不需重於泰山只願輕於鴻毛，安樂即可。

安樂即可。」

他想著那句「輕於鴻毛，安樂即可」，直到有人叫他，他才回過神來，轉頭一見是霍青。

「你終於要回京了。」霍青看起來既激動又有些哀傷。

溫輕鴻說不出話來，他忍了一年，一整年忍受著與家人分離之苦，忍受著被冤之罪，忍受著被人輕視，更忍受著自己鬱不得志。

溫輕鴻只覺得心裡也激動不已，有太子的一番承諾，他終於可以拿回屬於他的一切。

「我還記得你第一次來的時候。」霍青紅了眼眶，食指抹了抹鼻端。「你說你是來為東萊城做事的，當時我只覺得你滿懷抑鬱，心想落難狀元能做得出什麼。」

霍青不好意思地笑笑。

「但你真的做到了，東萊城的百姓這幾年的安樂日子是你帶來的、你打的根基，這些東西我一輩子也做不到。」

安樂。

溫輕鴻愣了好一會兒，重於泰山、輕於鴻毛。父親一輩子為國為民，負罪而死卻毫無怨言，要說父親是為國為民身亡亦不為過，豈非重於泰山。他忍了一年，蒙冤的憤慨或許從未釋懷，他所做的一切究竟有多少是為了百姓、又有多少是為了自己有朝一日能重回朝堂？

霍青用力一拍溫輕鴻的肩。

「我這一生想是離不開東萊了，能與將來的丞相為友，我霍青這一輩子也值了。」

溫輕鴻嚇了一跳，初識時霍青的模樣閃過眼前，那是唯一一個沒有真正輕視他的人，他在落難之後交的第一個朋友，真心的朋友。

「有你這種兄弟，是我溫輕鴻的運氣，我一輩子都不會忘記你。任何時候只要你來找我，不論什麼事我都會幫你，就算我溫輕鴻進京之後仍不得志，我仍然會盡全力幫你，除非我死！」

溫輕鴻抑制著情緒的起伏，紅著眼眶幾乎是咬著牙說完的。

「別這麼說，我們也不是生離死別。」霍青笑著抹了抹眼睛：「改日我若上京，便找你喝酒，到時候我們再好好來個不醉不歸。」

不醉不歸。

他原本以為自己的人生就只在這小小的東萊城了，而現在他要回家了，回到他京城裡的家。

回京之後，可以想見迎面欲來的狂風暴雨，但依照他父親的遺願，他不該飄零於風雨中，他只該隱於山林間，或留在東萊做個小師爺，但這真的是他要的歸處嗎？

「好，我倆一定不醉不歸！」

人一生能有多少機會不得而知，溫輕鴻看著面前的霍青，想著之前孫少璿的承諾，突然釋懷。

他要回到親人身邊，拿回屬於他溫家的榮耀，他外公的成就；而同時他也能在京裡一展抱負、行正事，為百姓求多一刻安樂，那不也正是自己的安樂？

「一定。」霍青也伸手用力拍著他的肩，兩個人相視而笑。

溫輕鴻不著痕跡地抹抹眼角，伸手用力按著他的肩。

「一定！」

願一生平安和樂，不需重於泰山只願輕於鴻毛，安樂即可。

安樂即可。

據說，人在將死之前，自己的一生會如夢境般滑過眼前。

他清楚記得自己自出生起的每一件事，他張開眼睛看見的是他娘那張精疲力盡卻又歡欣的笑容，然後是他敦厚老實的爹，和他那個古靈精怪的大哥。

他自小就知道自己和家人不一樣，或許和別人都不一樣，他不知道為什麼，但他知道自己似乎在等待著什麼。

他不哭不鬧，過了三歲還少言，爹娘總擔心他是不是傻的，請了不曉得多少大夫來看都看不出個所以然。某天他大哥拉著他進書房，手寫了個「燕」字，把筆塞給他，那是他第一次拿筆，歪歪斜斜的照著寫了個「燕」，他大哥歡天喜地的跑去跟他爹娘說弟弟不傻，絕對是個秀才的料。

他們也都搞懂了，他只是不喜歡說話，不表示他不會說。

後來他大哥念書的時候就揪著他一起聽夫子講書，練武的時候抓著他一起練，千方百計逗他說話，他有時候煩極了會應他幾句，他大哥樂不可支地說我弟弟還有張利嘴。

他喜愛他的家人，但他知道緣分不長，他就是知道。

幾年後弟弟出生了，他爹娘終於不那麼把注意力放在他身上，讓他落個清閒，只有他那個大哥，樂此不疲地抓著他去做各種調皮搗蛋的事。

對他來說，生活上沒什麼是有趣的，但他總還活著，還沒等到那個虛無飄渺的東西，他總要活下去。讀書很無趣，他過目不忘，沒什麼書是需要讀第二次的；練武倒挺有趣，至少他覺得有用；要是被他大哥追煩了，他就躲廚房去看廚娘燒菜，廚娘是唯一不會追著他問東問西的人，只給他點小事做讓他不會閒著手，興致來了會教他揉麵做包子，這比練武又有趣多了。

他爹請來的師傅使得一手好棍法，他大哥得到師傅送的銅棍，開心得不得了，回頭見弟弟沒有，便開口替他跟師傅討，但師傅說他年紀還小，待他大些再給他。

師傅走了之後，大哥拉著他去廚房偷了廚娘的燒火棍塞給他，說現在你也有棍了。

後來他大哥被廚娘訓了一頓，倒也沒討回她的燒火棍，只碎唸著又去找了支新的。

那支燒火棍他用的比什麼都順手。

他弟弟會走路起就是個黏人精，爹娘不在就總喜歡黏著他，他倒也沒嫌弟弟煩，牽著他的手在院子裡逛來逛去，直到弟弟累了為止。他這個弟弟跟誰都任性撒嬌吵鬧，只有跟著他的時候，總乖得像綿羊一樣，張著大眼睛抬頭朝他甜甜地笑。

他平日怕吵怕煩，所以他娘把偏院的房間給了他，讓他圖個清靜，但也因為如此，等他聽到聲響的時候，已經來不及了。

他衝到前院，看見他娘懷裡抱著他幼小的弟弟躺在血泊中，他爹坐在牆邊，只來得及望了他一眼，眼裡的驚恐和焦急像是叫他快走，僅只那一眼，就斷了氣。

他抓著他的燒火棍瘋狂殺向那些人，但那年他只有十二歲，終究不敵那些武功高強的黑衣人。

他渾身是傷地逃出了家門，只想著他還沒找到他要等的。他的血染濕了衣裳，已無路可走，在那些黑衣人追來之前，他跳入湍急的河水裡，讓冰冷徹骨的水流沖走他。他在河水裡載浮載沉的，不知道自己被沖到了哪裡，只知道當他意識到自己還活著的時候，他張開眼睛，看見一張精緻的臉蛋，一雙清澈的眼睛。

透過那雙眼睛他似乎看見了這世間的一切，看見他所等待的，他知道這就是他一直在等待的。

那孩子看來比自己小上幾歲，眨著一雙晶瑩剔透的大眼睛望著他，雪白的衣襬因為蹲坐在他身旁沾染了泥沙。

小小的手帶著溫暖的熱度觸碰他的臉，他才意識到自己有多冷。

「……快走……」他擔心危險仍然在自己身後，想叫這孩子走，卻連抬起手的力氣都沒有。

那孩子歪著頭看了他一會兒，伸手拉起他的手臂掛在自己身上，用盡全力把他攙起來。

對那孩子來說自己絕對太重，他不想增加他的負擔，盡全力讓自己能出點力。他的視線模糊，不知道是因為濕透了還是失血過多而發冷，他只能一步一步地讓這孩子攙著他行走。

「月少爺怎麼一個人啊？」

「要不要幫忙啊？這孩子怎麼啦？」

沿路上有人朝著他們叫喚，那孩子應也沒應一聲，不知道是不會說話還是不知道怎麼回話。

他的意識模糊，但他知道自己要是暈過去了，那孩子絕對攙不動他。直到那孩子停下腳步，他略抬起頭來看，只看見「喜樂莊」三個字。

「小月！講過多少次你不能自己出門，你怎麼……」

一個清脆的女聲從屋裡頭傳出來，他只來得及看見一張和那孩子極其相似的臉，就再也不省人事了。

他時睡時醒發熱又發冷，身上的刀傷還狠狠刺痛著，模模糊糊的不知道是夢境還是現實。他看見了他爹娘、弟弟、奶娘，家裡每一個笑著跟他說話的家丁和他娘屋裡服侍她的那些姊姊們，他們是一個大家庭，曾經幸福和樂，他敦實的爹和溫柔的娘是引不來仇恨的，他不懂是什麼毀了他的家。

但他知道會有這麼一天，他就是知道。

在他意識到他沒見到他大哥的時候，他突然間醒了，他喘著氣發現自己不在熟悉的屋裡，昏暗的燭火只映照出一間小小的房間。

在他朝房門望去的時候，一個跟他爹差不多年紀的大叔走了進來，笑呵呵地說：

「醒啦，喝點米湯，你再不吃點東西就要餓死啦。」

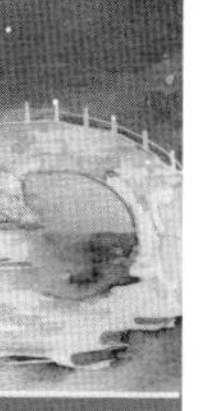

大叔把他輕輕扶了起來，讓他坐著，拿著湯匙餵他喝了幾口米湯。

熱米湯順著喉頭滑下胃裡讓他整個人暖了起來，沉默地喝了半碗米湯，他才開口：

「是您救了我？」

大叔笑著搖搖頭，指指他身邊。

「是我兒救了你。」

他轉過頭去才發現一個孩子蜷在他身邊睡得香甜，他憶起這孩子是怎麼用盡全力把他攙回家的，也憶起自己在那對清澈明亮的眼睛裡找到了自己在等待的。

他還不知道這是為什麼，但他會知道的。

他伸手輕輕撫開那孩子覆在頰上的黑髮，轉頭回去看那個大叔。

「這裡是哪裡？」

「我這兒是喜樂莊，就在北宜城的三喜鎮裡。」

大叔說著又餵了他一口米湯，笑著說：

「我叫段修平，小兒名叫段語月，是他把你從河邊給拖回來的，他這輩子大概沒用過這麼大力氣吧。」

段修平看著他的面相，把剩下的米湯全餵給他，才開口問他：

「你叫什麼名字？從哪兒來的？」

他低著頭沒有回答，他擔心仇家還在找他，萬一給他們添麻煩就不好了。

段修平也沒追問，只溫和地又問了他一句：「你家人呢？」

他安靜了好一陣子才回答：「沒有了，只有我一個人了。」

「這樣呀。」段修平把碗放在一旁，又端詳著他的面容。這孩子是大煞的命格，煞氣極重卻又相當沉穩冷靜，若生在戰時可能會是改變天下之命，但生在這平和世間裡，若沒成大器便會成大惡。

「你想報仇嗎？」段修平突然問了他一句。

他愣了一下，望向段修平的面容有些疑惑，但看著段修平的臉，他感覺不到惡意，最後搖搖頭，平靜地回答：「那是命。」

他跟家人總會緣盡，只是他沒想過會是生離死別，但如果緣盡於此，不管是誰殺了他們都沒有不同，他們總會死。

段修平看似滿意地點點頭。

「那你就留下來吧，喜樂莊雖小，但還容得下一個孩子吃飯。」

見段修平起身準備離去，他抬頭問了句：「我留下，可能會給你們帶來危險。」

「這只是個小地方，不會有什麼危險的。放心吧，你只是個孩子，別操心那麼多。」段修平笑笑地說。

段修平讓他躺下，替他掖好了被子，收拾了碗就出去了。

他靜靜躺在那裡，側頭看著熟睡的段語月，伸手輕輕摸著他的臉頰。段語月縮了一下，像是覺得冷似地，蜷得跟隻蝦一樣。他笑了起來，拿被子包緊他，伸手拍著他的背，像哄弟弟睡覺一樣，慢慢閉上了眼睛，感覺到從來未曾有過的歸屬感。

在喜樂莊待了幾天之後，他終於能夠下床走動，段語月很黏他，會扶著他在院裡走走，段曉蝶定時會熬藥湯給他喝，過了幾天他終於發現喜樂莊最大的困難在哪裡。

他們沒有人會燒飯，之前他們吃的都是隔壁吳大嬸幫忙煮的，但這幾天吳大嬸出外

省親了。段曉蝶作為喜樂莊唯一的女主人，只會熬藥，連鍋鏟是什麼都搞不清楚，成天只顧著弟弟和她的醫書，看來是恨不得拿條繩子綁著弟弟，好讓她專心讀書。

他來到這裡的好處是可以看著段語月，而她能專心讀醫書；段修平除了工作以外，就只好負起燒飯的責任。

在吃了兩天焦掉的飯菜之後，他就受不了了。雖說他自小吃好穿好，但他從來不在意吃的是什麼味道、穿的是什麼料子，可他看著段語月皺著眉努力把無法下嚥的東西吞下去就無法接受了。

段曉蝶倒也是個奇人，邊讀醫書邊吃飯，大概也不在意自己在吃什麼，皺著眉吞下去就算了。段修平自己苦著臉說等吳大嬸回來就好了，大夥委屈一下。

隔天，他起個大早，到廚房裡燒火揉麵。幾年下來廚娘教他的可多了，讀書、練武他都學了就會，但燒菜不是，所以這成了對他而言唯一有挑戰性的事。

在他盯著廚娘的手看的時候，廚娘會教他，他幫著揉過麵、做過包子、炒過菜、燉過湯，雖然沒真的自己獨立做過一桌菜，但他想這總比段修平弄出來的東西能吃。

後來他蒸出了一籠香氣十足的肉包子，炒了兩道簡單的菜，又熬了些番薯粥給段語月。等段修平起來發現廚房裡怎麼這麼大動靜的時候，菜已經上桌了。段曉蝶咬了口包子，他第一次看見她把目光從書本上移開了。

段修平驚訝過後大笑著說：「以後廚房就歸你了！」

「嗯。」他只應了聲，邊夾菜給段語月，見他吃得眉開眼笑，他也跟著開心起來。

在喜樂莊待上一陣子之後，他開始發覺段語月有些不對勁。

有時候他能正常的說話、讀書、練字，但有時候他就像啞巴一樣不說話只發呆，也有時候傻傻的不像七歲的孩子，那時候不管怎麼叫他，他只會朝人笑。這時候段修平就會匆匆來把段語月帶進屋裡，約一刻鐘放回來，段語月就好了。

「小月是怎麼了？」某天他忍不住問了段修平。

段修平只淡淡回答：

「小月生來就魂魄不定，失魂是常事，你顧著點，要是他不言不語的發呆，或是看起來像三歲的時候，來叫我就好。」

「是。」他點點頭，回頭去找段語月，整日寸步不離地跟在他身邊，連去廚房燒菜也拿了張板凳讓他坐在旁邊。要是天氣好，他就牽著段語月去市集買菜，日子過得輕鬆

自在，完全沒了過去那種人生無趣的感覺。

那正是盛夏時節，愉快的生活一入冬就毀了，天一冷，段語月就躺下了，他跟段曉蝶每日細心照顧，就深怕這孩子會突然間斷了氣。

他這時候才明白，段曉蝶這麼努力研讀醫書是為了弟弟。

除了進廚房的時候，他都寸步不離地待在段語月身邊。有幾個晚上，他會突然驚醒，總覺得哪裡不對勁，起身衝向段語月房間，看見幾個黑影在段語月的門外晃蕩，他衝過去那些影子就一哄而散。他疑惑地走進段語月的房裡，見他渾身是汗，似乎睡得不太安穩，但已經平靜下來了，便端了熱水給他擦臉換了身衣裳，索性陪著他一起睡。

自那天起段語月晚上就睡得安穩許多，有時候他還是感覺得到外頭有些東西在遊蕩，但他在房裡的時候，那些東西不敢進來。

過了幾日，段修平問他怎麼沒睡在自己房裡，他老實告訴段修平，他覺得外面有東西在妨礙段語月的睡眠，段修平聽了也只能苦笑。

「小月生來就會招惹這些孤魂野鬼，你身上煞氣重，那些東西不敢靠近你，就勞煩你陪小月一陣子，過幾天那些東西就不敢來了。」

「嗯。」他仍然簡短應著，從那天起他就睡在段語月房裡，讓段語月一夜好眠。

在段語月躺著養病的時候，他更容易離魂了，兩、三天段修平就得為他定魂一次。

「這沒有辦法解決嗎？」他忍不住又問了段修平。

「小月的一抹魂魄就是定不住，不找到東西壓著不行，但我還沒有找到最好的方式來治他這個毛病。」段修平溫和地向他解釋。

他想了一會兒，抬頭問段修平。

「可以放我身上嗎？」

段修平愣了一下，他又接著說：

「你說我煞氣重，那些東西都不敢靠近我，那如果能放我身上的話，那些東西也就不敢接近小月了。我只要不離開小月，小月就會一直正常下去了。」

段修平安靜了好一會兒，語氣溫柔地矮下身和他平視。

「身上多背負一條不屬於自己的魂魄是非常辛苦的，那種重量和負擔，會一直壓在你身上，那是說不出來的痛苦。」

他沒有猶豫地點頭。

「我不怕吃苦，我的命是小月救的，能治好小月的話，我願意一輩子都負擔那些重量。」

段修平的神情像是釋然又有點哀傷，伸手摸摸他的頭。

「你願意這麼做，作為小月的父親，我的自私要讓你受苦了，但從今天起，你就是我段修平的孩子。你從未告訴我你的姓名，既然你已經拋棄了過去，那我給你起個名字叫『不離』，在我找到真正能幫小月定魂的方式之前，我希望你對小月不離不棄。」

不離……不離……

他在心裡唸了幾次，又抬頭望向段修平，神情有些猶豫。

「我不能做你的孩子，你說我煞氣重……是我剋死了我的家人吧？我不希望也害了你們。」

段修平笑了起來。

「你是大煞之命，之前我也猶豫過，但小月不肯離開你，我從沒見過他那麼堅持想要什麼。現下他的魂魄若是放在你身上，也可以阻你的煞氣，只是你會辛苦點。」

聽到不會害到段家人，他鬆了口氣，朝段修平低下頭。

「我不怕辛苦，今天起我就叫段不離，是你段家人，我一輩子都不會離開小月的，老爺。」

段修平好笑地拍拍他的肩。

「叫什麼老爺，今天起叫我爹了。」

「不，我命格不好，就算小月的魂魄在我身上，我仍然有可能害到你們，今天起我會好好服侍老爺跟少爺、大小姐的。」

段修平苦笑了下，看著他一臉堅定地這麼說著，知道他心意已決，決定日後再來慢慢矯正他這個叫法。

那天起，燕家的遺孤就此消失，而段家多了一個孩子，名喚段不離。

隔年的春天過後，天氣一暖，段語月的身子開始越發好起來。

段不離細心研究食補，好讓段語月在躺了一個冬天之後補回那些失去的體重。

段語月的一魂一魄已經放在他身上，他剛開始感覺會有點昏沉，那種重量壓得他喘不過氣來，但很快的他就適應了。

據段修平的說法，在一年內段語月會慢慢恢復正常，可能短暫時期還是會有些不穩定的狀況，但已經沒問題了。

來到喜樂莊一年，段不離已經有了自己一套的生活規律，就算段修平說不用，他還是每天天沒亮就起床，去廚房燒水揉麵；待段修平該起來的時候，他會捧著熱水去給他梳洗；待段曉蝶要起床的時候，他會把熱水擱門口，敲敲她的門叫她起床，回頭去做早點，再去拉段語月起床。

有時候他也跟著段修平去做點工作，段修平會教他一些義莊的規矩，他聽過就記得，之後有工作他也能幫著做。只要他不要離開喜樂莊外兩尺，段語月就不會有問題，因此段修平幾乎是閒下來了。

段修平一閒下來就忙著查各種舊典，想著要找出讓他們可以安全拆離魂魄的方式。有時候他也覺得相當驚奇，段不離似乎沒有因為身上多背負了一條魂魄而感到吃力，仍然每天精神奕奕地伺候他們一家人。

段曉蝶也終於有機會可以去她師傅那裡學習，而不是成天只能抱著醫書看。

段不離閒下來的時候，就跟著段語月一起讀書，陪他練字，或者帶他上街走走。

偶爾牽著段語月的手，會讓他想起那個總黏在自己身邊的弟弟，那時候段語月就像是知道他在想什麼似的，黏著他像個小小孩一樣撒嬌。

到春暖花開的季節，段修平卻傷風了。段曉蝶給他爹熬藥，但喝了藥就沒胃口吃飯，於是段不離宰了隻雞熬了一下午，熬出碗雞湯要端去給段修平喝，一回身一個老頭兒就站在他身後，不聲不響地嚇了他一大跳，差點灑了手上的湯。他退了一步但手上的湯沒灑出半滴，只瞪著那個老頭兒。

那老頭兒有著一頭白髮跟白鬚，露出的臉上紅通通的卻沒什麼皺紋，一雙眼睛看起來炯炯有神，直望著他手上的湯。

「聞起來好香啊，給我嚐嚐吧！小夥子。」老頭兒笑呵呵地望著他。

段不離瞪著他，退了兩步一手抓起他的燒火棍。

「你從哪裡進來的？」

老頭兒指指牆，笑著說：「翻進來的。」

老頭兒笑著的時候，不聲不響的就竄到了段不離身前。

「我餓極了，聞著這湯的香氣就忍不住進來了。」

段不離沒遇過輕功這麼高的人，嚇了一跳卻反應很快地把他端著湯的手移開，另一手抓著燒火棍就朝老頭兒打了下去。

段不離的速度很快，但那老頭兒居然雙腳沒動便彎下腰閃開了，靈活得不像個老人。在段不離這麼想的時候，那老頭兒已經竄到他身後朝他手上那碗湯抓去，段不離抬腿後踢，那老頭兒居然抬腿擋住了。段不離只覺得自己像是踢在鐵柱上，他沒來得及疼，手上的燒火棍就反手打去，那老頭閃開的同時伸手在他肩上捏了一把。段不離驚了一下抬肘撞過去，但仍然撞了個空，他還得顧著湯別灑了。

他有些狼狽地先退開幾步和那個老頭兒保持點距離，但他知道那老頭兒如果想殺他，剛才就可以捏碎他的肩了，現下看來只是要著他玩而已。

「你到底要幹嘛？」段不離冷著臉問他。

「我想喝那碗湯，我真的餓了。」老頭兒可憐兮兮地說。

「我們家老爺傷風了，這是我熬了一下午要給他補身子的，我給你別的東西吃。」

段不離最後退了一步地說。

老頭兒想想似乎覺得可以接受，點點頭咧開嘴笑。

「那我要吃肉。」

段不離幾乎要翻白眼，只好回頭走去廚房，從籠屜裡拿出兩個大肉包，出去塞給那老頭。

「肉包子，只有這個了。」

老頭兒開心地咬了一口，接著像個餓死鬼般連咬了好幾口。段不離不想理他，端著湯要去給段修平。

「噎著了，我也想要湯。」老頭兒又一臉可憐相地回頭望著他。

「廚房裡有茶，自己倒，湯沒有了。」段不離瞪了他一眼，但老頭兒還是目光緊盯著他手上的湯。段不離怕他又來鬧，只忍耐著說：「你明天再來，我熬一碗給你。」

「說定了。」老頭兒笑了，咬著他的大肉包，咻地一下就不見人影了。

段不離搞不清楚那老頭兒是來幹嘛的，但也不像有惡意，只趕緊把湯送去給段修平喝，順道跟段修平說有個老頭兒來搶東西吃。

段修平大笑了起來。

「那是陸老，他可是深藏不露的武林第一人，大概是看上你了。他要是說想收你做徒弟，記得多拒絕他幾次再答應，讓他留在喜樂莊，不然他會帶你回岐山的。」

「我才不要當他徒弟。」段不離一臉厭惡地回答。

「他就是個老頑童，但武功高不可測，讓他看上是福氣也是緣分，你不也老想著武功要再練好些的嗎？」

段修平笑著讓段不離餵湯喝。

「爹呀，不過是傷風，好意思讓不離餵你。」段曉蝶剛巧拉著裙襬走進來，瞪了他爹一眼。段語月跟在身後，進來爬上段修平床邊坐著。

「我都好了，爹爹還沒好。」段語月笑望著他爹，兩隻腳懸在那裡晃著。

「爹沒事，很快就好了。」段修平笑著摸摸段語月的臉。

段曉蝶把藥湯放在桌邊吩咐著：「等下喝完了湯，把藥也喝了。」

段語月聞著雞湯的香氣忍不住嘴饞，拉了拉段不離的袖子。

「不離，我也要喝湯。」

「給你留了點，一會兒拿給你喝。」段不離朝段語月笑著。

「我怎麼沒有？」段曉蝶抱著手臂質問著。

「上回大小姐說喝雞湯會胖。」段不離一臉無辜望著段曉蝶。

「叫姊姊，要講多少次。」段曉蝶又好氣又好笑地伸手去擰他耳朵。

「……姊姊。」段不離就拿她沒辦法，只好改了稱呼，段語月在旁邊咯咯笑著。

等段修平喝完了湯藥，他收拾碗筷走去廚房，段語月眼巴巴跟在他身後等湯喝。

段不離笑著把溫在爐上的湯倒在碗裡給他小口小口地喝，正想叫他喝慢點的時候，牆邊突然傳來一陣哀悽的吼叫：

「你騙我！你還有湯！」

段不離回頭狠瞪了一眼：「叫你明天再來！」

段語月放下了碗，望著攀在牆頭的老人，笑著開口：「陸爺爺。」

「唷，小月，長這麼大了。」陸老正想再攀牆進來，被段不離瞪了一眼。

「不要再爬牆了，明天再來，給我走正門！」

老頭兒看來還挺委屈。

「明天給我湯喝。」

「要熬半天的，下午再來。」段不離不耐煩地說。

「小月，爺爺明天再來看你啊。」陸老笑嘻嘻地朝段語月擺擺手，又從牆上翻了出去。

段不離直翻白眼：「你也認識他？」

「嗯，那是陸爺爺，不時會來找爹爹聊天，武功很好，會飛來飛去的。」段語月把剩下的湯喝完，滿足地把碗放下。

「不離可以跟陸爺爺學功夫，陸爺爺很厲害的。」段語月笑著說。

段不離皺了皺眉，沒再說什麼，只摸摸段語月的頭，把碗筷收進廚房裡。段語月跟在身後。

「不離我也要洗碗。」

「水涼，我來就好。」段不離笑著拿了張板凳給他坐著。

「我也想幫忙。」段語月拉著他的衣角，張大眼睛望著他。「家裡什麼事都是你在做。」

段不離拿他沒辦法，弄了點溫水給他，放幾個茶杯給他洗，自己沖洗著碗筷。低頭看著段語月認真在洗茶杯，忍不住笑了。

「好了，水涼了，別洗了。」段不離笑著蹲下來，拿布巾把他的手擦乾。

段語月一雙眼睛亮晶晶地望著他笑。

「這樣我也有幫到你的忙了。」

「嗯，謝謝小月。」段不離笑著，輕輕捏捏他的臉。

段語月覺得自己幫上忙了，開心地扯著他衣角說還要幫忙，段不離只好牽著他到院裡去練字。

照顧段語月的時候讓他想起陪伴弟弟的那段時光。有時候他覺得段語月在他面前是刻意舉止像個小小孩一樣，是為了讓他憶起那個乖巧可愛的孩子，記得自己曾有一個全心依賴他的弟弟。

那天晚上，水氣很重，段語月覺得冷，早早就上了床，段不離拿著火爐在房裡烘著，想著也許等下就要落大雨了。

他幫段語月拉好被子的時候，段語月又突然坐了起來，眨了眨眼睛望著他。

「不離，有客人。」

段不離愣了一下，突然感覺到門外有東西，他皺起眉走過去開門，見門外站著一個魚頭人身的少年。他愣了一下，隨即瞪著那個妖怪，冷著臉問：

「有事嗎？」

那個魚頭人看見他愣了一下，退了好幾步發著抖。

「我、我們家主人，請二爺喝茶……」

段不離皺著眉冷著臉瞪向那個妖怪，嚇得那個妖怪直發抖地退到牆角，他才開口：

「我們家少爺身體不適，請你回去吧。」

「我、我們主人……要我一定要請二爺……」魚頭少年對著段不離的狠厲目光，連話都說不完整。

「跟你們主人說，我兒年紀尚小，請祂十年後再來吧。」段修平突然走進院裡來，語氣還算溫和地開口。

魚頭少年縮了一下：「可是……」

「你就回去秉告你們主人，我兒年幼，現下幫不上祂的忙，祂已經等了那麼久了，不差這十年，你回去吧。」段修平朝魚頭少年笑著。

魚頭少年像是還在猶豫，見段修平直盯著他看，有些害怕地又縮了一下。

「我好久沒吃魚了啊……不離。」段修平盯著魚頭少年，看起來有點嘴饞的模樣，嚇得魚頭少年一轉身就化為水氣消失在院裡。

「爹，不好嚇人家的。」段語月不曉得什麼時候下了床，站在門邊望著段修平。

段不離見他赤著腳就下床，皺起眉把他抱起來，放回床上去。

「嚇他又怎樣，下回再來我就烤了他給老爺下酒。」段不離一臉不悅地說。

「對，他若十年內再來，就烤了他給我下酒。」段修平大笑著，負著手走回自己的房間。

段不離關好房門，回頭幫他拉好被子。

「別再爬起來了。」

「嗯。」段語月乖巧地蜷在被子裡，抬頭望著他：「今天冷，不離陪我睡。」

段不離本來還想去問問段修平，被段語月這麼一講，也只好爬上床去陪他躺著，伸手把他包緊在棉被裡，隨口問著：

「那個妖怪是什麼？」

「湖裡來的，不要緊，十年後再陪祂喝茶。」段語月被包得暖烘烘的，眼睛一閉就睡著了。

「十年後也不准跟祂喝茶，聽見沒。」段不離皺著眉說，但段語月已經像是睡著了，模模糊糊地應了聲就熟睡了。

隔天一早，段不離起床去熬湯，又燉了肉，悶著一鍋栗子，心裡已經有了主意。

下午陸老真的乖乖敲響了正門，讓段不離開門放他進來。他笑嘻嘻地走到院裡看見桌上有一桌好菜還有酒，開心地跳了起來，毫不客氣地大快朵頤。

段不離見他這麼個吃法，還真怕他噎著，給他倒了茶放在旁邊。段語月找不到段不離，跑到院子裡就見陸老在大吃大喝，於是笑咪咪地坐在椅子上，也跟段不離要東西吃。

段不離撕了點雞肉泡在雞湯裡給他吃，段語月開開心心地陪著陸老吃東西。

等到陸老吃得心滿意足，他笑著問段不離：

「給我這麼好一桌，是想當我徒弟？」

「不要，吃飽就快滾。」段不離毫不猶豫地拒絕，開始收拾碗筷。

陸老愣了一下，趕緊自我推銷。

「當我徒弟很好的，我功夫沒人比得上，你想學什麼我都可以教你，將來武林盟主也不是你對手，我岐山地靈人潔環境清幽，比喜樂莊大了不知道多少。」

「我喜歡三喜鎮，也不想當武林盟主。」段不離收著碗筷走回廚房，又拿了塊抹布走回來擦桌子。

陸老愣愣望著他：「那你想當什麼呀？」

「為什麼一定要當什麼，我就想一輩子待在喜樂莊。」段不離斜了他一眼，走回廚房，端了一鍋甜湯出來。

「男兒要……」陸老話說一半，被那鍋桂花糰子湯給迷惑住，趕緊拿碗撈了一碗來吃，邊咬邊說，語氣含糊：「自在四慌啊。」

「吞下去再說話，小心噎著。」段不離好氣又好笑地望了他一眼，也撈了小半碗湯給段語月喝。

「不離，我也要糰子。」段語月眼巴巴望著他。

「糰子不好消化，晚點我給你豆沙泥。」段不離笑著摸摸他的頭，段語月應了一聲，乖乖喝他的桂花湯。

陸老看著他們倆，大概理解了什麼，想了想又說：

「我懂了，我若留在這裡當你的師父，有什麼好處？」

「你想吃什麼有什麼。」段不離毫不猶豫地說。

「成交。」陸老也爽快回答。

後來，段不離在段修平的見證下，規規矩矩地給陸老奉茶、磕頭拜師。每天要伺候的人多了一個，更多時間用來練武，他想變得更強，他知道這樣才能保護得了段語月，才能守得住喜樂莊。

因為陸老在喜樂莊住下了，段修平放心地開始出外尋找讓他們魂魄拆離的方法，一去幾個月，回來再待上幾個月，就這樣過了好幾年。

而陸老的大弟子，在幾年後等不到師父回來，一怒之下，下山四處尋找，直找到了喜樂莊，在對著師父破口大罵之前，遇到了段曉蝶，而那又是喜樂莊另一個故事了。

【後記】

《喜樂莊》終於進入第二集，很抱歉隔了這麼長一段時間。本來這本書去年就該出的，這歸咎於我實在不太懂得怎麼適當安排自己的時間和檔期，所以總是把時間往後拖，讓大家等了這麼久實在很抱歉，也感謝編輯RURU對我的寬容與諒解。

第二集「石中玉」，進入到牽涉宮廷的陰謀，小月和不離被牽扯進陰謀之間，他們兄弟般的情感也將會出現一些改變。下一集他們就要跟隨孫家兄弟進京，也就是喜樂莊的完結了，我希望能很快將最終集呈現給大家。

最後感謝大家耐心的等候，希望第二集「石中玉」沒有讓大家失望，第三集會盡快開始進行，希望這次不會讓大家等太久。感謝在我寫本文時幫助過我的每一位友人，也

感謝看到這裡的每一位讀者，照例要說一下，如果看了本書有任何感想，都希望能與我分享。

蒔舞　2014/10

E-MAIL：sakurainaoto@gmail.com

噗浪：http://www.plurk.com/sakurainaoto

國家圖書館出版品預行編目資料

喜樂莊. 案卷二, 石中玉 / 蒔舞作. -- 初版. -- 臺北市 : 臺灣角川, 2014.03

面； 公分

ISBN 978-986-325-839-1(平裝)

857.7 103001436

Kadokawa Fantastic Novels DX

喜樂莊

案卷二・石中玉

2014年12月17日　初版第1刷發行

作　者：蒔舞
插　畫：阿亞亞
發行人：加藤寬之
總　監：施性吉
主　編：陳正益
責任編輯：林秀儒
資深設計指導：黃珮君
設計指導：許景舜
美術設計：宋芳茹
印　務：李明修（主任）、張加恩、黎宇凡、張則蝶
發行所：台灣角川股份有限公司
地　址：105台北市光復北路11巷44號5樓
電　話：（02）2747-2433
傳　真：（02）2747-2558
網　址：http://www.kadokawa.com.tw
劃撥帳戶：台灣角川股份有限公司
劃撥帳號：19487412
法律顧問：寰瀛法律事務所
製　版：尚騰製版印刷有限公司
ISBN：978-986-325-839-1
香港代理：香港角川有限公司
地　址：香港新界葵涌興芳路223號新都會廣場第2座17樓 1701-02A室
電　話：（852）3653-2888